看不见的河流

聂鲁达文选

［智利］巴勃罗·聂鲁达　著

陈拓　译

译林出版社

图书在版编目（CIP）数据

看不见的河流：聂鲁达文选 /（智）巴勃罗·聂鲁达著；陈拓译. —南京：译林出版社，2024.7
（聂鲁达诗文集）
ISBN 978-7-5753-0108-4

Ⅰ.①看… Ⅱ.①巴… ②陈… Ⅲ.①散文集-智利-现代②诗集-智利-现代 Ⅳ.①I784.15

中国国家版本馆CIP数据核字（2024）第072899号

看不见的河流：聂鲁达文选　[智利] 巴勃罗·聂鲁达 / 著　陈　拓 / 译

责任编辑　张紫毫
特约编辑　柏丽娟
装帧设计　朱镜霖
校　　对　梅　娟
责任印制　颜　亮

出版发行　译林出版社
地　　址　南京市湖南路1号A楼
邮　　箱　yilin@yilin.com
网　　址　www.yilin.com
市场热线　025-86633278
排　　版　南京展望文化发展有限公司
印　　刷　南京新世纪联盟印务有限公司
开　　本　850毫米×1168毫米 1/32
印　　张　7.25
插　　页　4
版　　次　2024年7月第1版
印　　次　2024年7月第1次印刷
书　　号　ISBN 978-7-5753-0108-4
定　　价　59.00元

编译说明

本书选取聂鲁达青少年时期、西班牙内战前后与晚年具有代表性的抒情散文、演讲信件、文艺批评等各类文本，旨在呈现这位诗人、外交官、共产党员不平凡的一生中几处别样的剪影。

选文以《看不见的河流》(*El río invisible*)[1]和《聂鲁达全集》第四卷、第五卷(*Obras completas IV, V: Nerudiana dispersa I, II*)[2]为底本，根据时代和主题划分了八个章节。前三章主要出自《看不见的河流》，多为聂鲁达青少年时期在地方性报刊和智利学联机关

---

1 聂鲁达遗孀玛蒂尔德·乌鲁蒂亚(Matilde Urrutia，1912—1985)和智利作家、聂鲁达友人豪尔赫·爱德华兹(Jorge Edwards，1932—2023)整理编辑，西班牙塞伊斯·巴拉尔出版社(Seix Barral)1980年出版。

2 智利学者埃尔南·罗耀拉(Hernán Loyola，1930—)编注，西班牙加拉西亚·古登堡出版社(Galaxia Gutenberg)和读者俱乐部出版社(Círculo de Lectores)2001年出版。

报《光明》发表的小品散文，后五章主要出自《聂鲁达全集》，题材更为多样，内容更加丰富，如与同时期的诗作对读，可对聂鲁达有一更加全面的了解。

《看不见的河流》原编者的话[1]

巴勃罗·聂鲁达1904年7月12日出生于智利南部的帕拉尔，他的童年和青少年在特木科度过。当时的特木科，是阿劳卡尼亚大区旧界的一座新城。诗人取笔名巴勃罗·聂鲁达之前，本名内夫塔利·里卡多·雷耶斯·巴索阿尔托。小内夫塔利很早便开始创作，最早的诗歌和散文作品见于地方报和圣地亚哥的杂志。这些早期作品几乎全部完成于妹妹劳拉·雷耶斯·坎迪亚的三册练习簿上。

本书辑录了巴勃罗·聂鲁达少年和青年时期尚未被汇编的作品。本着尊重作者意愿之原则，选录的作品全部在报刊杂志上发表过，或者收入《全集》附录。

尽管部分选文在形式上尚不成熟，但对于聂鲁达的研究者和读者而言，仍有不可或缺的价值。它是

---

1 出自西班牙塞伊斯·巴拉尔出版社1980年版《看不见的河流》。

了解聂鲁达早慧才情的非凡门径，萌动着诗人成熟期的全部重要主题：爱的抒情、大自然的蓬勃生命力、对卑微者的同情、对不公社会的激烈反抗、对狭隘爱国主义的批判，乃至晚年创作中独到的自传性与幽默性。

聂鲁达少年和青年时期的文章主要刊登于特木科《晨报》和智利学生联合会机关刊物《光明》。《光明》是一种战斗刊物，它揭露议会寡头制的腐败，抨击军国主义，挑战带有封建烙印的阶级社会的诸种禁忌。他们一边热情赞颂十月革命，一边拥护无政府工团主义。聂鲁达的早期文章表明，他的政治意识和革命诗人生涯并非如同许多评论家所说，较晚地发轫于西班牙内战，而应上溯至遥远的特木科少年时代和二十年代的学生运动。

目录

聂鲁达在匈牙利（1950 年）

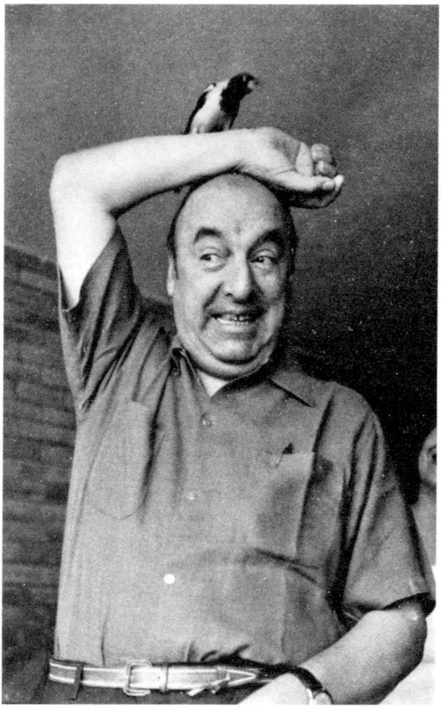

聂鲁达与一只鸟的亲切互动

自画像

要我形容自己，那便是鼻子大眼睛小，头发疏，肚皮凸，腿长脚大，面色蜡黄。我的爱意不少，算计无多，对文字只能说不甚了了。我行动温柔，走路迟缓，心思灵活不蠢。星辰、潮涌和地震让我好奇，甲虫总能令我驻足。我常在沙滩踱步，却难在庙堂穿梭。我是永远的智利人，对朋友忠实，对敌人无言，对鸟儿好掺和。在家没规矩，在外腼腆，唯有独处时快活。无端的懊悔者是我，糟糕的行政官是我，舌尖的旅行者是我，写字像医生的是我。面对动物，我谨小慎微，也曾有幸躲过灾祸。我爱考察市场，也爱埋首图书馆，山脉令我忧郁，森林令我不倦地探索。我回答问题极慢，偶有急智，终年愚直，一本笔记是我的宝库。胃口甚巨，安睡如虎。我喜悦不失平静，如同我时常仰望的夜空；我工作起来，你未必会发现我在工作。凌乱、执着，关键时刻勇敢，无伤大雅时懦弱，谈起志向，常犯怠惰。生性不好动，好动多半出于自我折磨。无他，受诅诗人、一介愚夫。

“单纯而美好的生活，
几乎是美好的。”

——《小镇读阿索林》，1920

热忱与恒心[1]

这是人民觉醒与壮大的两大法宝。

多少次，就因为少了热忱与恒心，一经实践即可大大造福国家的理想与事业白白夭折！

又有多少次，起初满怀热望，但热情渐消，直至磨灭殆尽；待再添一把力，才能重新唤起！

当今世纪，有的哲学家一心宣扬热忱和恒心，他们的书是诚挚和雄辩的真理，若为每个人，尤其是工人阶级一读，将对全人类大大有益。

为国家公利计的大愿，当以恒心与热心追求。非如此，一切无从实现。

这道理不乏前例，每个民族都有教育子孙光耀祖国的榜样。

哥伦布、马可尼等等先哲，岂能抛诸脑后。他们开辟了大道，没有他们的引领，高尚的生命将难以实现！

---

1 聂鲁达的处女作，发表于 1917 年 7 月 18 日特木科《晨报》，署名内夫塔利·里卡多，作者刚满十三岁。——原注。

青年时期的聂鲁达

风筝

孩童的风筝，高过村庄，越过钟声。

纸做的郁金香，系着轻烟，燃烧在碧空；

瞧你飞得，沉重而飘忽，病恹恹的模样。

箭矢之父，不被白鸽惊扰，停在欢欣的弓弦上。

快乐的风，你拉紧牵动风筝的线绳，扬起纤弱的梦。

不幸的蝴蝶，随着风，追逐着线。色彩的涓滴、花朵的迷障、眼中的热烈。

向钟声起始处，向友人的愁容，或者更远，向无人等待之处。

远些，再远些，燃烧着飞过村庄高处。远些，再远些。

飞啊纸花，系着轻烟，匆匆划过碧空。

爱的风暴

我想在她眸中的幽暗国度寻得庇护，在她身上抚平占据我的阴沉力量。湍急的爱涌如决堤的水，侵袭着我，使我绝望。

我选在宁静的傍晚与她交谈，纯净的夜晚。哪怕独处不说话，在这贫穷的村庄，远离一切声响。我们喜欢把目光齐齐落在黄昏的最后一片云霞，亲吻在高悬的繁星下。

谁知无名的手指，默默把我们的心，像坯土捏画。它制出燃烧的灯台、盛装热望的酒坛、无尽渴慕的杯盏。一阵炽热的烈风刮过，催动言语倾泻，如不祥的鸟，在我们爱恋的身体翕动。

我逃离了她，像鸟儿逃离火场。现在，为时已晚，怀恋。而我的心依旧在焚烧它碰触的一切，然后像畏火的鸟，逃离火场。

救生艇[1]

这一艘小艇原是经巴尔迪维亚北上的面粉商船的救生艇，不知在哪儿搁浅了。海浪把它抛上岸，现在，它像温驯熟悉的动物，安居在我的小园。好似藏在心头一角历久不去、难以言传的记忆，它存着小小的海草和深水的地衣，微末的绿装饰它的根底。仿佛仍能看到遇难者绝望的痕迹，最后的挣扎里，紧抓大海的骨架，汹涌的风暴正在迫近。趁太阳未落山，我爬上搁浅在小园荒草的小艇。我总带着一本从未翻开的书，在舱板上铺开斗篷，躺看碧蓝无垠的天。旧时的记忆潜在时间的长流，阵阵涌袭。孤独的时候，总

---

1 学者埃尔南·罗耀拉选自系列手稿“特鲁莎集”。“特鲁莎集”创作于距特木科不足百公里的萨维德拉港，时间在1923年年初。“特鲁莎（Terusa）”是《二十首情诗和一支绝望的歌》的原型之一黛蕾莎（Teresa），聂鲁达在《黑岛纪事》中称她为“特鲁莎”。本文初次见刊于1967年7月12日《世纪报》献礼聂鲁达53岁生日的特别版面。——原注，有改动。

有不具名的记忆的匪徒暗中窥伺，灵魂总是格格不入。意外的响动、陌生的低语、被征服的歌声、胜利的新曲，怪异而难以遏制的音乐冲击我的心灵，如同狂风席卷丛林。

女人，那时我爱你并不刻意。没有想你，是因为我的思绪从不为谁流连。像酒醉的鸟，迷途的箭，我的思绪无目的地穿越，迷失在幽暗的远地。我记不得自己，又要如何记得你？

但是，对你的爱比我的自我更内在、更超越。爱之杯，将甘甜的佳酿送到我的唇边。不必特意记得，就像深深镌刻的字迹，只要吹散覆蒙的细尘，我就能看到你；不必特意想念，只要听任心的摆布，我听任了你、归依了你。啊，爱人，你托起我动荡的幻梦，正如同海床载起肆意的湍流与澎湃的潮涌。

洛伦索叔叔[1]

我从未倾听你的故事，洛伦索叔叔，你那古老的乡间故事。我只听过你的声音和简单的词句，你关于不幸人生的忿忿不平，你回忆万千的不为人知的事迹。

但那时，我对你一无所知。洛伦索叔叔，你在讲述时，我远在他处的灵魂正在漫游，漂泊不定。倘若看到你，也是隔着渺茫的雾气。炉子噼啪作响，燃着熟悉的火焰，雨水沿着透明的枝蔓，滑落沉睡的屋子。你仍在讲述，洛伦索叔叔，不停地讲述。那时候，常有幽暗的梦蝴蝶拍打翅膀，从我心上飞向未知之地。

---

1 聂鲁达回忆童年时，常常亲切地提到洛伦索叔叔，多篇诗作和唯一一部虚构作品《居民和他们的希望》（*El habitante y su esperanza*）也以洛伦索叔叔为灵感。——原注。

小镇读阿索林[1]

我们深居在小镇的静谧里，阅读阿索林。如此阅读有双重快慰：一页阿索林便是一日小镇，单纯而美好的生活，几乎是美好的。

这是不起眼的小镇，微不足道。空中飘荡着悉心娇养的花卉的芬芳，也飘荡着小镇生活的忧郁，劣质文学作伪的、遮蔽的小镇生活。

而我们深入了小镇的灵魂。

倘若要深入小镇的灵魂，必须潜入自我，将其化作至纯至真的抽象。这几乎不可能，如此的自我有待

---

1 1920年4月20日至4月27日特木科《晨报》“星期”专栏。这位外省社会的记录者和激烈批判者时年15岁。——原注。阿索林（“Azorín”，1873—1967），本名何塞·马丁内斯·鲁伊斯（José Martínez Ruiz），是西班牙散文家，多描绘民间风物之作，文风隽永，在20世纪三十年代即被戴望舒、徐霞村等译介到汉语世界。

孕育。我们太怯懦、太软弱。所谓省察，痛苦而深切的自我省察，不过是人之做作的又一形式。

不论如何，深入小镇的灵魂，便是审视这可悲而黯淡的自我。我们怯懦难堪，实在无力。或许，如果继续沉浸在粗陋的消遣，不再潜入那不起眼的小镇，灰色的小镇，过分忧郁的小镇……

奥亚色及其画展

在特木科，维克多·奥亚色举办了为期一周的画展。最后一天，我们参观了画展，痛惜一个天赋非凡的男孩，在他的家乡特木科遭遇全面的惨败。绘画是奥亚色的劳作，他把全部灵魂，把男孩的天真活力倾注于大胆的想象。天才的梅伦德斯[1]，用线条征服了奥亚色，他心生向往，以之为师。这便是资产阶级称之为“天职”的东西：冥冥中勾勒人生之路的无声力量。

奥亚色以自己的方式诠释波德莱尔，少造作，近质朴。因为，尽管波德莱尔以邪僻诳世，奥亚色却发现了他为人所不识的无邪心灵。除此之外，便无其他。奥亚色不同流俗，所以，在这生于斯长于斯的小镇，他终至失败。

---

1 指西班牙静物画画家路易斯·梅伦德斯（Luis Meléndez，1716—1780）。

倾注了刚健心灵的画，一幅也没有卖出。不是因为画不好。这里卖出过乌拉圭、巴西等国画家署名的蹩脚作品。他们要的，是响当当的名字，家喻户晓的大名。买画的资产者无视奥亚色的创作，只因为奥亚色是本土画家，他们追逐的，是可以惺惺作态地炫耀：“我买了那个谁的画。”

至于那个谁的画，则是一幅蠢东西。

奥亚色用漫画嘲弄他们，模仿他们廉价做作的、贵族般的姿态，恭维他们的虚浮……

独创性全无

我们去了电影院。放映的是一部本土电影，对人民，对大众，对万国博览会壮硕的公牛大加赞扬。总之，歌颂“进步”。庸俗至极的文学，“英雄的种族”、血红的风铃草[1]、茂密的丛林，加上一堆陈词滥调。

电影大加歌颂的还有富人。例如，据说傍晚常在广场散步的，总是地位卓著之人。于是我们不由得想，想那大街上不明就里、来、回走动的可笑之人，想他们肤浅粗俗的虚荣、症状不一的自恋。继而我们又念及傍晚工作、写作、阅读的人们，逃离喧哗，只为一睹残阳余晖的人们。他们不忙于自我表现，只求为精神带来更多宁静，坚定孤独的梦。原来，在电影之主的眼里，思考的人、劳作的人算不得地位卓著的人……

1 智利国花。

树

树是秋天的精魂。晚日映得高枝金黄。行人困倦，连绵的雨飘飘洒洒，看一眼疏朗的血色吧，看一眼黄铜烈日灼烧的白杨，感受秋日城市里忧郁的明亮。

树无声地颤抖伸展，送来最后的黄叶。马路也被柔情的悲晖笼罩，那是盛开的黄昏情切的悲伤，行旅短促的悲伤，飘忽无着、使心复归柔软的悲伤。金黄的秋树，受着黄铜烈日的灼伤，是否称得上温顺善良？

今日傍晚[1]

黄昏时分，涨潮的海水灌满河道。我划着船，直到力尽。

有时我躺在小船的长凳上，吸着烟仰望高天。哦，港口的天空是如此广袤，如此辽阔！注视那高远的天际，目光也为之醉倒，只得低头凝望海岸。疲惫的眼，无边际的地平线上远行的白鸽。

继而是海，声如雷鸣，壮丽的海。迎向沙滩破碎、分裂、升腾起伏，终于扩散开来，遗留下最后一朵浪花，轻舐闪闪发光的沙粒。但是，到了远方，到了深处，海纯粹而宁静，圆润如母亲的腹部。

今日的夕阳好似日本茶杯或屏风上的风景画。一轮红日圆润、明艳，像极圆润的樱桃、丹朱明黄的橙

---

1 出自“特鲁莎集”，初刊于《世纪报》，原文落款日期为 1923 年 2 月 10 日。

子。黄、紫、蓝，落日洒下绚烂的色彩，映红了将逝的浪花。浪花亲吻我来自异乡的双足，像女奴献上水、火与黄金之国的珍贵果实。

遥远的生活[1]

梦

后来，我沉思得疲倦，爬进毯子铺成的床。寒意在体内打颤，致幻的梦蝴蝶在枕畔盘旋，轻触我的眼帘。我把太阳穴紧贴粗布枕头，随即进入了梦乡。南方的田野、孑然的帐篷，还有我，孤傲可怜的我。梦中一切是一艘熊熊燃烧的大船，深入夜的黑潮穿梭、破浪。

河上的时间

我躺在二等舱顶层甲板上，阳光照在背上，风吹过额头。宽阔平坦的河流，两岸野草蓊郁，躲闪的水鸟潜入河口。还有，远方的耕地蜿蜒起伏，绵延无边

---

1 1923年6月9日至30日以及7月21日的《光明》第93期。

的丘陵。偶有一群鸟儿越过河流，越飞越远，声声悲鸣像柔软的石子，落入水中。

无界

然而，好似从水天之际振翅而来，一阵乐声传到近旁。叹息声飘然而过，简单的曲调中，总有一丝呜咽的乡愁。越过这条河、这片土地，越过我破碎的心灵，悠远无边际，我的朋友。一条长舌舔舐我、压迫我，树木与水化作的手臂犹如腰带，将我揽过。陌生的情感激发我，陌生的嘴对我言说：

“他是个流浪的手风琴师。”

手风琴师名叫佐米尔。

我与躺在远处的陌生男子一道，落下泪来。

阿拉贝拉

你不该爱我，阿拉贝拉，不该爱我。你不会在我匆匆一瞥中留下印记，不会在我苍白的小径上刻下姓名。可你爱上了我，阿拉贝拉，你仍爱我。

曾经独属我的，你的蓝色眼眸；为我散落的，你的金色发辫，留在了那个冬天。

如今仍属于我的黄昏，你独自做着针线。又一场雨夜降临，降临你的舱顶、港口。记得吗？那一夜夜，呼啸的风破窗而入。

你不该爱上我，阿拉贝拉，何必爱上我。

伙伴

除了佐米尔和阿拉贝拉，还有几个我怀念的朋友，他们交织在美好的回忆里。几个醉醺醺、乐呵呵的船工，起初奉承我，后来嘲笑我，最后深爱我。干完活，我们聚在一艘随波漂流的小船上，有的唱歌，有的谈天，还有的睡觉。天黑以后看不见彼此，只剩微小的烟头闪亮。不知不觉，我们安静下来，沉浸在静谧无边的夜。

实在的小伙子们。有一天捕鱼，其中两人溺水不幸身故，我最喜欢的两个。

无用的日子[1]

糟糕的天气打消了外出的兴致。一天天过去，我愈发孤独。下午没有人找我，没有书，时光溜过无所事事的彷徨。有时，无名的苦闷把我纠缠成一个结，扔在床上。雨水落下，又密又长。咆哮的山风降下，暮色如垂死的女人，在临河的窗边哀痛凄惶。

1 1923 年 6 月 30 日至 7 月 21 日《光明》。

“究竟为什么不把
賂聘举过头顶？”

——《城市集解》，1921

性[1]

他健康且年轻。性的烈焰沿着血脉电掣风驰。快乐一经发现，像最简单、最美妙的东西慑住了他。曾有人教训他隐藏下腹部的不洁之物，孩童把眉一皱，露出疑惑不解的神情。后来，还是第一个朋友揭开了秘密。独自一人的快乐渐渐坏了灵魂的纯洁，开启了未尝的欢愉。

那阵子早已过去。

现在，健康且年轻的他寻求罄尽生命之杯的对象。他是一只动物，找寻自然精力的出口。他是雄性，生命应予他一雌性，使他完满、增殖。

所以他寻觅。妹妹和他一样长大了，同他一样健康有力。青春给了她饱满如陶罐的乳房、含春的眼。

1《光明》1921 年 7 月 2 日，作者此时已署名巴勃罗·聂鲁达。《光明》的编辑如是说道："之所以刊登本文，盖因其反映了青年人的宿命心理，亦蕴含对天主教道德之反抗。"——原注。

但她是妹妹。一道律法戒止他们的爱欲。

女人多的是。街上有成百上千不安分、多风情的雌性。男人再次开始寻觅。他发现一个女子的投怀带来有趣稀罕的体验。她和他一样，为了享有自然赐予的官能，犯下“不贞”。

于是，年轻正派的男子，渐也了解那虚伪的道德律。前人发明之，遏止身性全然羽化破茧。

可是寻觅没有停止。求欢固然有去处，但他是纯洁的。他压抑天然的需要，蔑视而同情，拒绝了及时行乐的机器。于是，健康且年轻的男人，痛恨那些炮制僵硬的四方铁框，要把生命嵌入其中的蠢人。他鄙视憎恨那律法：每每动念向往人人在幽暗的角落，如同幽暗的蠕虫所做的事，律法的鞭子便向他迎面笞挞。他要把怨恨宣泄，谁赋予他原欲，谁用巨钩把他束缚，他便向谁泄恨，向生命泄恨。所以，他抛弃了纯洁，转向买欢场。

恨囊中羞涩。故而他以为，快乐，乃至现世的一切，甚至现世自身，都为有者享。他不得不装裹着本来欲望，成为附着在别人黄金上的一件家具。

城市集解[1]

城市

胳膊双垂，如累极的桨叶。人数众多，比肩同行。宽阔的背，谦逊的眼，残破的旧衣，无不是共有的。同一身躯的血肉，同一身躯里碎裂的能量，那副可怜的身躯仿佛把大地扛在肩上。为什么，同行的众人互相摩擦健硕的脊背，却不把强劲的胳膊高高举起，不把头颅向太阳仰望？为什么，同行的众人宁愿忍饥挨饿，也不用冻馁的沉重的脚步，震动城市的石子路，震动教堂的白玉阶，令满城肃然，令轰鸣的脚

1《光明》，1921 年 8 月 13 日、27 日，第 29 期、第 31 期。聂鲁达本年初移居圣地亚哥，到教育学院学习法语。在自传中，聂鲁达如此回忆抵达圣地亚哥之后的情形："我立刻信奉了学生工团无政府主义的意识形态。"作品行文论事尚有捉襟见肘之感，却清楚表明了圣地亚哥的工人生活对青年聂鲁达的震撼。——原注。

步声熄掩工厂的火光，把烈焰燃起？究竟为什么，不把胳膊举过头顶？

雇工

看到你，我便心知肚明。你的生活我了如指掌。偶尔的快乐、日常的不满，什么也瞒不过我。我明白你节奏紧张的生活：床上蹦到街头，街头赶往工厂。工作单调、乏味、痛苦，塞一口午饭便要上工，吃过晚饭，散架的身体便倒下。昨天、明天、后天，日复一日，这是你不变的生活，所谓的生活。今天养活妈，明天养活老婆孩子，你像一只无主的流浪狗。流浪狗倒毙在街头，做工毒害你的命。

你不明白的是，你正在被剥削。他们夺走你的快乐，为了每一块脏钱，你献出灵魂剥落的美丽。开工资的出纳是老板的一条臂膀，老板自己，也是暴戾身躯伸出的一只手臂。那副身躯杀害的，正是像你一样的男男女女。不，别打出纳，该打的不是他，是那副身躯，杀人的身躯。

我们把它叫作剥削、资本、虐待；你在电车上匆忙阅读的报纸，管它叫秩序、权利、国家。你以为无能为力，不对，我们在这里，团结起来的我们就

CLARIDAD

PERIODICO DE SOCIOLOGIA, ARTE Y ACTUALIDADES

Organo oficial de la Federación de Estudiantes de Chile

Redacción y Administración: Fed. de Estudiantes, Santiago

Aparece quincenalmente — Precio: 20 Ctvs.

Año I. — Santiago, Enero 10 de 1921 — N.º 11

El cartel de hoy

El Régimen Parlamentario

(A los candidatos y a sus electores)

智利学联机关报《光明》

在这里。我们和你一样，受尽剥削凌虐，但我们懂得反抗。

用不着读马克思。你只要明白，你不自由，你要自由，你要打破它，不论用暴力还是爱情，打破禁锢人、贬低人的枷锁。必须说出来，不是吗？许多和你一样，和所有人一样。必须说出来。嘴上明白，行动糊涂，算不得真明白，何况嘴上也不敢说出来……

孩子

一发野火药。冈萨雷斯带他回来的时候，一帮男人用爱与神秘迎接了他。这没什么大不了。

老板逼我们弯腰驼背，像牲口，在震耳欲聋的车间一干就是十四个钟头。不要紧。野火药在角落，在我们艰辛打拼出来的捆包下。只要他在，还有什么要紧！总有一天，他会把一切通通解决，没错，通通解决。（啊！砸烂一切，摧毁一切吧，让金色的光芒穿透该死的墙，穿透无数孔隙，把恶浊堕落的社会扭曲、升起、抛却，把积年的心血化作乱骨烂铁，射向天际！）

男人们心照不宣。女人之中，唯有最勇敢的玛塔，我们给她看一眼我们的野火药。玛塔高又壮，工厂压不断她的脊梁。看到他，玛塔的眼底爱意盈盈。

男人们则看着玛塔。她一副含羞模样，好似怀了咱们的婴孩，全世界千千万万工厂被剥削者的婴孩。那孩子一定比我们更强壮，十倍百倍地强壮。

他人的痛苦

我身边一道漆黑高大的身影，喋喋不休地讲述着一种难以名状的苦闷悲戚，令他的存在不宁。他想说的是，苦恼属于一无所有的人，他坐拥一切，却依然感到生命力在无形中逝去。

但我明白，这是自然的平衡。太多一无所有的人承受着欲念和过剩需求的煎熬，这痛苦的负重，便转嫁到本无苦可受的人身上。这是无法逃避的规律，是自然的平衡。它像枷锁压在人身上，迫使人类追寻新的正义，消弭许多人共担的痛苦，升华他人的幸福，最终借由生命的谐韵，融为一体、平等化一。

典当铺

白昼漫长，此刻尤甚。我钻进街头小巷。夜已张开宽阔的伞面，第一缕星光透过伞缝，怯怯地闪动光华。一扇窗溢出乳白色的光，与其说是照亮了路面，倒不如说是玷污。我走上前，是一个典当铺。女人，女人，一个又一个女人，埋头做针线而变形的脸，踌躇犹疑的脚步。黑黢黢的毯子裹着质当，暗淡的小家里最新、最好、唯一欢欣闪耀的物件。无声息的困厄里，她们像水手驶向必然的覆灭，却无力反抗挣扎，只能在命运的洪流中溺亡。男人佝偻前来，少年蓬头垢面，手上是谋生的工具和最体面的衣服。一场意外、疾病、过劳，停止了他们机械劳作的身体；这间铺子，该死的铺子，榨干了最后的家当、最后的力量。店里散发出肮脏的衣服和人的气味，溢出堆积已久的贫苦，流向城市，黏在他们身上。而他们，明天还要继续劳作，为制定法律的人，为言谈责任的人创造财富……责任……

高空之上，群星擦出亮光，某一宇宙炸药的导索已点亮。

贫民祷词

美和精神的力量无法驱散外在感官构成的生命体验。

哦，沃尔特·帕特[1]，我们永不能在声与色中熔化尘世的生息。在你的精神盛宴里，着落大地的生命形态令人遗憾地缺席。我们的灵魂不会追随加斯顿·德拉图尔和埃默拉·阿斯瓦特的异教之途。我们的灵魂将同过去一样，居于灰屋排列的大地上，居于同样颜色的天空下。我们还是孩子的时候，你，弗洛里安，你爱那北方的山谷，贪看神的星辰颤动在珍珠色的山岚；而我们，我们的眼睛早已为过早和孤独的苦劳所遮蔽。有时，我们在屋顶放飞五颜六色的风筝，把我们可怜的些许灵魂带上天际。你不明白，异教徒弗洛里安，我们多么热爱这一游戏，热爱忽而被风和树撕碎的，白的、绿的纸鸢。可是，赤脚的童年过去了，青春过去了，甚至没来得及用流光照亮我们的点点性灵。现在，我们成了男人，和其他男人一样的男人。我们没有属于自己的痛苦，没有凌空的梦境。我们已无灵魂，我们四分五裂。音乐神圣的震颤无法打动我们被杀人机器震聋的耳朵，自由裸露的色彩无法擦亮我们被烟囱、马路熏坏的眼睛。你所属的时代那

---

1 沃尔特·帕特（Walter Pater，1839—1894），英国唯美主义理论家，主张以逼近音乐为旨归的形式主义艺术观。加斯顿·德拉图尔（Gaston de Latour）和埃默拉·阿斯瓦特（Emerald Uthwart）是帕特笔下的人物。

病弱的美，永远无法疗愈被同类蹂躏、困囿在穷苦与饥馑的痛楚。他们和我们一样，我们平等地生存，锚定大地，终不能企及你那原始而遥远世纪的神圣智性。

上下街

只有在满是泥泞与苦难的街道上上下下，才能体会小城的悲情。细密冰冷的雨像均匀的水针，刺在脸上、手上。无所逃遁。

随即雨骤，呼啸的风雨对上下街的我们肆意鞭挞。

后来，无名的人流，撑着漆黑的伞，漠然地赶往渺小的生活，消失在荒寒漫漫的冬日……

啊！我们是多么憎恶，你也必定充满憎恶，读到这几行字的年轻力健的读者，憎恶那些铁石心肠、漠视痛苦、蛇蝎一般穿梭在黑伞下的人们，听任酷寒的冬季化作苦雨……

童子军[1]

别问去哪儿，别问为什么。服从就行。

不准直视指挥员。服从就行。

不准说话，不准笑，不准乱动。队列里，孩童个个如骷髅般僵硬。

服从……服从毒害了唯一有希望的魂灵，腐蚀了明日与腐蚀斗争的魂灵。利用旗帜、军乐、制服，他们设计未来的公民，以蛊惑和威胁加以压迫、改造，把他熔铸进既有世界的齿轮里。从不探险的探险家们，只被教导仰望高天，似乎看惯了天上的繁华，便不见地上的扭曲。

继而是操课。持之以恒地灌输暴力、仇恨和狭隘愚昧的民族主义，缓慢而持续地准备一具具送死的模型。来日战场，肚破肠流，执刺刀的敌人也曾是孩童，受过同样的训练，也因为同样的情形命丧沙场。

---

1 1921年11月5日《光明》。

血与死亡的传递竟伴随军乐、鲜花与歌声……

岂有此理！对孩子尚且如此，人与人还剩什么值得珍视？今天的稚子是明天的探路人，他们将要沿着我们初垦的道路前行。然而，我们却如此玷污、贬损他们的灵魂，割断小小的羽翼……

强令他们跋涉，踏过尘土蔽目、不见前队的野地。一阵阵疲惫喘息，行进复行进。前进或暂停，以骑马的长官是从。或于夜晚歇息，在温热的棚厩，挤在牛群中睡去。

黑夜、寒冷、愚蠢的玩笑，大孩子口中低俗的故事、强行的手淫、孩童的污言秽语。而他们身后是长官，稚子的首领。今天替他起床，替他行军，明天替他送命。所谓童子军……盲从、炮灰、喊打喊杀、机械、愚蠢。

五月二十一日[1]

又到鼓角旌旗时，所幸庆祝并非自发，所幸人们正在遗忘那一场可憎而残酷的战争、愚蠢且徒劳的牺牲。即便有赢家，他又赢得了什么？

饥馑横行的土地，处处是剥削与财富烙下的伤痕。昨天的血即是明天的血。因为，陌生的朋友啊，戴着同样面具的同一帮人，明日又要驱使你赶赴邪恶的远征，为着他们的私利与欲望，将你徒然牺牲。所以，陌生的朋友，面对凯歌与旗帜鼓噪的谎言，面对蹂躏子民的黩武之国，面对摩洛克[2]的神像，你要融合日常的反叛、坚定内心的拒斥。毕竟，一直以来，

---

1 1922年5月20日《光明》。5月21日是伊基克海战纪念日。伊基克海战发生于1879年，拉开了智利与秘鲁、玻利维亚太平洋战争（亦称硝石战争）的序幕。通过硝石战争，智利夺取了原属秘鲁的北部二省和原属玻利维亚的滨海省。

2 古代腓尼基人信奉的火神，以儿童为祭，常指索取巨大牺牲的恐怖人事。

你就不知道如何面对它、直视它。正视，就是度量、削弱，看穿它的渺小，透视那最易腐朽的圣座。正视就是不姑纵，不以今日的默许放行明日的残暴。

为此，陌生的朋友，你并不孤单。请谨记，许多人与你站在一起。远方的人陆续地来了，我们来了，一队苦难而英勇的骑兵踏上了未来的旷野——这一片属于我们，也会属于你的土地。

今日有榜[1]

面前是待写的稿纸，旁边是一幅版画：一对悲苦无言的爱侣在凄寒中蜷缩依偎。但是，为什么，叛逆之烈火没有点燃我的嘴唇？为什么，面对这象征痛苦的符号，鞭挞与谴责的红字没有在心中、口中迸发？我看看白纸，看着版画，我反复地看。一无所获！突然间，男人跳脱他的伴侣，握住我的手，看着我的眼睛，对我说：

“朋友，兄弟，你为何沉默？如果我不起身阻止，你是否再度缄口不言？是否要在受难的书桌旁，丢弃有望明日结果的花？你这样的人，懂得用内心的光照亮文字的人，难道要一遍遍地咏唱自己小小的欢欣，遗忘我们无助的心？遗忘溃烂的生命、寒冷的恐怖和饥饿的痛击？究竟是徘徊于自己的苦难，还是超越它，用不满和反叛的苦涩唾沫，向世界呐喊？如果

1 1922 年 6 月 17 日《光明》“今日有榜”专栏。

你不说，如果你不每时每刻地说，助长邪恶、压制异议的谎言将会充斥大地，后继者将从恶棍的尸骨中涌现。然后，更多的人……你、我，我们就此老去、死去，受诅的铁砧上被践踏的生命，不能说出一语，不能说出你此刻应当逆着疾风、一遍一遍重复的话，代表所有人得罪所有人的话。”

男人言毕，他的伴侣看着我。我埋头提笔……

可怜虫！[1]

我们真是些可怜虫……草草度日，日复一日。日复一日，皮囊暴露在阳光下，满是耻辱污秽。世上的病灾、周遭的肮脏使我们遍体鳞伤。未竟的愿望、牺牲的梦想，照见我们的破碎、贫瘠、荒芜。朋友，在每日片刻的生存里，我们面对并且回敬恶意，只有此时，我们才是完整的。旧日古老的英雄幻梦，徒劳地修补我们的龌龊，我们深陷淤泥的根系，在墓地与泥潭翻搅，无垠的天空也无能为力。

我们就是这模样，朋友们，或许更甚于此。我们对生活做了什么，朋友？厌恶和泪水，质问你们的同时，泪水涌出我的眼眶。你们对生命做了什么？你们所有人，最高大的、最优秀的，坐视人戕害人，以之

---

1 1923年9月1日《光明》"今日有榜"栏目。文章署名萨什卡，意在致敬俄国小说家、剧作家列昂尼德·安德列耶夫（Leonid Andreyev，1871—1919）笔下的革命者萨什卡·日古廖夫。安德列耶夫是青年聂鲁达喜爱的作家。——原注。

为任务，以之为命运。我看着你们自相啄食、撕咬、啮噬、脏污、轻贱，如此灰暗而残忍。任务完成，可怜虫们……你们已一无所有，再无希望。归于尘土的水、破散为尘的云、根系吸收的粪肥。过往的，未得众力难以实现的，虚无中来的——哦，朋友！——终究回归虚无……

至于我？诘问你们的家伙是谁？又是何等纯洁、完整？我，和你们一样。和你们一样轻贱、受伤、肮脏、破碎、有罪，我们被同一张巨口吞噬，被同一只怪物咽下。但是，听好了，我定将解放自我。你们终会明白。跃升高空、反击天际，将会由我先于你们实现。朽烂之前，我必须改变、升华、解放。你们大可继续狂欢。我不行。我要摆脱，扯下你们熟悉的旧衣裳，然后，在狂暴的风中，在自由的陶醉中，在危机的战栗中，对你们呐喊："可怜虫！"

“又是漫无目的的航行。
孤独的旷野，
群星的丛云。”

——《锚》，1923

外省集解[1]

生活

生活，生活是一件缓慢的事情，所以必须设法让它不经意地流逝。要排除外界，深沉地归入内心。雨点落下，须有房舍庇护，火炉取暖。若是天气和煦，最好找一片绿荫休憩。自然，世上还有其他人。远方的港口穿梭着金发异乡人，他们的家乡也有阳光雨露。好吧，世上还有掉眼泪的人。但自己如此操劳，想施舍也无能为力。操劳是免不了的，总会习惯。嗜好也好，爱情也好，通通关在门外。是的，爱情也得舍弃。年轻时尚可，总有隐秘的芳香自口与血管迸发。现在，不行。

现在，孩子，该过日子了。都丢了吧。快去补屋顶，又下雨了……

---

1 1921年10月1日《光明》，落款于特木科。

乡镇

恍惚间，对悠远小镇的眷恋油然而生。记起比邻的道路，安静疏离的乡民，蒙蒙茸茸的群山，还有爱过的女人。回乡……家乡或许已变样。想来，春天的天空也该更蓝了。然而，某日重返，只发现一切如故。

天空竟也没那么蓝。踏过熟悉的街道，经过丑陋又单调的房屋，原来乡民比想象中更加安静疏离。未免太漠然、太平静。山很远，泥泞不可行；至于爱过的人，罢了……见面也不再问候。春天亦无甚作为，只能用单调的粉白色涂抹草木园庭。忽而，伺机悄然而至的雨毁去她的工作，花儿散落、屋顶透湿。走吧，春天啊，你连催芽也无能为力，更别提在人们心头绽放哪怕一朵小小的花……

人

傍晚时分，一种盛大的悲哀降临在巴勃罗身上。他偶遇旧友，与之在湿润的城市漫步。他暗自回忆，友人曾与自己一道，怀揣崇高人性之理想。

而今友人滔滔不绝，巴勃罗觉察到他的变化。他变得老于世故，变得狭隘，他困在谋生的茧房，拜高踩低地生活。巴勃罗谈着自己的见闻：个别人的邪恶、生活中普遍的卑鄙、乐与美的疏远。黄昏下的叙说轻缓低沉，最终慢慢停息。他握了握冰冷的手，感到友人的身体正在抽离，向卑琐的生活投去。愤懑哽在喉头，巴勃罗继续独自前行。

医院

透过帘幕的一线昏黄日光，常常是我存在的唯一原点。我注视那光线明亮、伸展、流淌。同房病友的呻吟，偶然将我从痴痴的注目唤醒，病房内因尘俗而生的感伤，忽而倾注在我潦倒的心上。

康复期间，我缓缓走过寂静出奇的走廊。修女迈着日常的疾步走过我的身旁，有时，一声颤抖的惨叫使我驻足，在窗边，或门洞停下。芬芳的杜鹃开满庭院，正对我的病房。傍晚，我坐在花丛中，漫无边际地遐想。黑夜忽而降临，深色的指尖抚过垂死病人的伤口，它在他们身旁躺下，耐心窥伺。发烧的病人在深夜里说着胡话。在庭院中央，修女修建了一座圣母祭坛：一个爬满藤蔓的岩洞，它是幽暗的医院里唯一一处亮光。白天黑夜，壁龛烛火通明，借着夜风中摇曳的圣火，我把香烟一支又一支燃尽。

回忆的捕手

我不想重温，我几乎憎恨回忆。我挖掘、打破旧有的沟壑，然后把回忆深埋心底，永不复现。回忆不是我的财富。我更爱那被遗忘的时刻。我爱在与生命和时间的不平等对抗中，延展我的过去。我的手臂沉入过去，向未来举起，手臂上淌落怪异的东西，像海藻淌落海里的蓝色东西。在时间迅疾的鞭笞下，我不可抑制地屹立；我的心上，无处不至的箭矢蓄势待发，它将在万物俱灭的终期震颤着反弹、回响。

锚[1]

无形的水手从永恒而来，领我穿越陌生的大气，驶过未知的海洋。深邃的太空庇护我无止境的远航。我的龙骨打破闪光的冰山，它们曾以尘埃状山体堵塞我的航路。然后，我驶过雾海，它把雾霭在比地球更明亮的星体之间播撒。继而是白色的海、红色的海，色彩与薄雾染红我的身躯。有时，我们穿过纯净的大气，浓重闪烁的大气沁透我的帆，使它如太阳般耀眼。我们在水与风驯服的国度久作停驻。有一天——总是那么突如其来——无形的水手再次起锚，风鼓满我耀眼的船帆。又是漫无目的的航行。孤独的旷野，群星的丛云。

---

1 1923年8月4日第963期《之字形》（*Zig-Zag*）。法国诗人兰波的作品，尤其是《醉舟》，在当时的智利诗坛流传甚广。本文即可见到《醉舟》的影响。聂鲁达一生崇拜兰波，不仅收藏了兰波妹妹伊莎贝尔记叙兰波之死的信稿，而且总在案头摆放着青年兰波的相片。——原注。

我靠岸，停靠在从未见过的蓝天碧海。我的船锚早已习惯海浪的绿吻，它在海底的金沙歇息，与深海翻卷的海藻嬉戏，托举长日纷至的白色人鱼。我那挺拔笔直的桅杆，与太阳、月亮和芬芳的清风为伴。未见过的鸟儿落在桅杆，如箭矢掠向天际，决然离去。我渐爱上这片天、这片海，爱上这里的人……又有一天，总是那么突如其来，无形的水手到来。他们升起已在深海的藻群生根的船锚，鼓满我耀眼的风帆……然后，又是漫无目的的航行，永恒孤独的繁星之间，红色与白色的海……

时刻[1]

问题

问题在房舍的废墟，在绿色的土地成为草场和花海，褐色的土地成为小径之后。它远离常人的道路，面前的风浪扭动潮湿的灌木。或是阴森的桉树下，那半夜悬挂窃贼和溺水者的处所。有时，它打雨水打湿的山丘走过，太阳伸出火焰般的手指，骇人的乌云把它遮蔽堙灭。另有时，它躺看深夜闪烁的群星和无数的暗影。它无处不在，日与月的天空下、三叶草的毯垫上，我逃离的欲望，逃呀；我背叛的眼，逃呀；我不知倦的心，找呀；像盘桓的猛禽，找呀。

回返的石头

我向无垠黑夜抛出三块流浪的石头。它们载着我

---

1 1923 年 9 月 22 日《光明》，落款于特木科。

的焦灼，因我不熄的烦恼而坚硬、锋利。石头成形于暴风雨的午后：狂风摇晃我寂寞的居所，雷声隆隆，不竭的雨水从天空倾泻。我抛出石子，渴望解开三个难题、三个黑暗的秘密和三场夜的掠夺。

傍晚，我躺在寂寞的居所。最高的窗前，只见三块流浪的石头自无垠黑夜坠落。

致缺席者

温柔的呢喃献给你，小家伙，不论你去向哪里。我微颤的声音浸润柔情，唤着你的名字。为了你，为了比远方的霞云、远方的山峰、远方的群星更远的你。我的双臂之间空荡荡一片，我的嗓音少了颤抖，风景中少了你缺席的身影。少的就是你，小家伙，都是你。

我心上的花朵，流过心田的水之灵魂，我的花朵。承载我那痛苦与缄默的女孩，你的双眸如我整个童年一般专注。我愿把你钉在我的幻梦，居于万物，比我存活更久。

夜半时分，你从我的胸中生出，如同裂石而出的树木，升上幽邃的天际、灿烂的星河。

你占据了我，如同空气占据空屋，如同幽影占据密室，犹如芬芳香气溢满夏日的花冠。

或许我会离你而去，不必伤心。一只漂泊而沉默的鸟儿打窗前飞过。

缺席者，你就是那缺席者。我呼唤你，我的嗓音坠落、低回，你却听见了。

你听见了，小家伙，当你入睡时，那声音如远方的河水响动。夜晚，趁着夜晚，你晕着蓝色光辉，成为爱恋的星体。

缺席的小家伙，你闭上眼睛，没入黑影。我对你说话，我的声音呼唤你，小家伙，不要离去，永远不要离去。

想象的旅行[1]

万物之主

假若事物落入我谵妄的网，我必将它改造重塑。一切沉默无不是我的言辞，一切存在无不是我的存在。独存于霞光染红的黄昏，头颅浸润在薄雾中，我乃是大地升空最广大的冲动。我的心如同烧红的黏土，塑成盛放嫩枝的酒坛与盛开的花环；我的臂膀生出果实累累的枝条。就让火焰的藤蔓沿着我的双腿攀升，让源水分作喧哗的河，从我的血管喷薄而出。远处，狂风鼓荡薄雾，树木遥遥跪拜，高塔钟声回荡，影子在黑色山丘嬉戏，丛林的呼吸飘飘荡荡，自湿润的草坪升起。这一切，都是我孤独可怕的游戏，都是我的手指不断拨弄的形象，是我扔进太阳的柴薪。柴薪升腾、燃烧，焚尽之际照亮我隐没黑暗的头颅。我

1 1923 年 12 月 10 日《光明》。

是如何继承这无边无源的帝国，请给我一座瞭望异域的高塔，请告诉我，朋友，什么咒语图腾，能驱散我无限的权力，消弭我伤痛的意识。

尘土谣

为了不让人听见，我将在这些言语中散布一个秘密。秘密在词语中做窠，无人察觉。这不是一个谜语，朋友们。请画一条长线，串联一座山和一颗遥远的星。请把这条线画得坚硬、笔直。然后，沿着这危险的线路，从群山向着远星。

请用灼热的金属编织指环；请让晚风低伏，跃过你们的盾牌；请推倒临江的岩石，让汹涌的江水拍打无名的雕像。

去猎捕失魂的可怖的飞禽，去缠绕花粉满身的蛇；趁坠落前，去摘取黑夜滚落的狂热的星。

就说到这里，朋友们，猜一猜我散布的秘密。为了不让人知晓，我把它藏在这些词语里。

汹涌的潮

我没有逃，我震荡双臂，巨浪便从我的心头涌起。

我不求救，也不抱怨疲惫。我只想诉说、高唱，那汹涌的回潮撞击我的胸膛。

潮水激烈震荡、上涨，我却错误地没有遏止它。热浪拥抱、侵袭、淹没而来，于是，热望生长、欢唱。昔日埋藏的朦胧渴望拍打翅膀，席卷昏暗，野性的飞翔点燃了暮光。

我的灵魂沸腾涌动，海潮平息我的呼喊。我颤抖，我舞蹈，我的灵魂在海潮上舞蹈。

海潮用响鞭笞挞我的渴望。我只想诉说、高唱，痛苦的回潮撞击我的胸膛。

老墙[1]

天空的雨、大地的苔藓、人间的孤独，在你的额头上书写尘土的符号、死亡的标记、缺席的印痕。你的身后，人形磨灭，人声沉寂。夜晚，老旧的房梁嘎吱作响，腐朽的楼板掉落，残破的瓦片松动，一切急速坍塌，无法阻挡。黄色的老鼠、体型硕大的蜘蛛、隐秘的蝙蝠。啊！你们，黑夜熔炉的主人，是如何锤击、撕咬、摧毁了这座不动的废墟。无常的宿命将它悬置在漫长的时间里。傲然的屋顶坍塌，房间的隔断夷平，一切陷入泥土，蔓草丛生，吞噬瓦砾。可是，老墙，你依然伫立，伫立于混乱的安宁与持续的灭亡。天空的雨、大地的苔藓、人间的孤独围困你，构成你哀伤的美丽。构成你的，是不存在的东西：坍塌的砖、缺失的门、皱纹丛生的阴影，还有朱砂般匆匆逝去的阳光。你的脚下是一株苦树，它如同一个被

1 1924年4月12日《之字形》。

钉死的人。疲惫老者的脸孔，破碎的矩形勋章，黑暗的诅咒驱散鸟儿，就连秋风吹落的树叶，也被巫术纷纷遣去。只有我，可怜的、流浪的、无助的我，曾在你的树荫休息，用满怀希望的手，在裂纹中镌刻日期与姓名。你的倾颓、沉默和停滞，庇护了我粗糙的梦境和血色的欢愉。你破败的门背后，没有囚禁我的房室，没有引导我的小径。你看似无用，因为你无所希冀，但突然间，你接纳了我思想的入侵。人们的目光匆匆掠过，他们眼中，你已不存在。他们眼前充斥炫目的景观，却总在寻找看不见的东西。而我，借助冥思与苦恼的古法，在纷繁之中看到你，一堵老墙。在你死亡的荫翳下，我把心灵的线团解开又缠起。

南方全景[1]

旅行

一颗星紧随火车，整夜不舍。星星钉扣在天穹，道路、灌木、村庄、桥梁把它一次次藏起。

暗夜的地平线上，那一颗钻石时隐时现。火车穿过夜晚，颠簸着追逐黎明。渺无人烟的原野，只有荒凉的远地。

点点星光忽明忽灭，车窗透出旅行者好奇的脸。不经意间，火车驶过车站，与泛白的黎明照面。黑夜还在犹豫不决，白昼的鸟雀已如朝露，从草地腾起。

城市的引力

屋顶招展的旗帜、动人的欢欣、白苹果树的光

---

1 1924 年 10 月 19 日《信使报》。

芒，兴高采烈的风筝漫天飞翔。穿过晨光的铁路，消失在生命消失的方向，一切风景都向那里延长。房舍朝那里开窗，树木向那里比划，我的双眼也注视着远方。我加快脚步，仿佛等不及离去。那是城市的方向，风扭动向标，铁轨也在欲望的驱使下，通往远方不明的去向。小小的房子、蓝色的窗帘，该说再见了。你们只是旅人暂歇的处所。燕子的屋檐、旅人的床铺，是谁为不安的心指点道路？大门敞开，游子离去了。堇花深蓝，群芳争艳，他却没有回来，至今没有回来。一切奔向城市，一切向往着地平线。孤独湮灭了世界另一头的音讯，笼罩万物。

天色明媚，灿烂的阳光稍纵即逝。怀念随之而来，你终究还是远走，朝着生命的方向漂流。

《南方丛林》忆 E. 席尔瓦·罗曼[1]

“你读过席尔瓦·罗曼发表在《播种》上的诗吗？”

“读过，写得很好。”

回想那个双眼深邃的伟大青年，他在镇子生活了三年，谁也不认得，自顾自写着奇怪的诗、做着简单的梦。他倦了，年轻冒险家的精神困在小镇自满的孢囊。一天，三两句告别，他走了……

但他曾是英雄。办杂志，办报纸！小镇办刊实属英雄之举，无异于叫板自私，引战荒谬，招惹没头脑的小仇怨，不一而足。

看好杂志者寥寥：大诗人加夫列拉·米斯特拉尔供过一稿，还有塞古拉·卡斯特罗[2]等人。每一期的

---

1 埃内斯托·席尔瓦·罗曼（Ernesto Silva Román，1897—1977）离开特木科后定居圣地亚哥，后作为记者和短篇小说作家为人所知。——原注。

2 塞古拉·卡斯特罗和莫利纳·努涅斯是《抒情丛林》（*Selva lírica*）的编者，《抒情丛林》是当时著名的现代主义诗歌集刊。——原注。

出版都很艰难，共计八期。一天，杂志戛然而止，原来是本哈明·贝拉斯科·雷耶斯说了一些“正人君子”听不得的话。至于所谓的“正人君子”，贪看色情报刊，热衷有伤风化的电影，争相欣赏俄国舞女的大腿，却独独容不下几句简单的诗。世风如此。当地教会报纸摆弄“德行”“正直”之类唬人的词，杂志就这样停刊了。

这便是以年轻诗人之名唤起的回忆。埃内斯托·席尔瓦·罗曼自己也发表过很好的奇诗。

> 苍白诗人有深陷的眼圈，
> 与天鹅和牧神魏尔伦相仿。
> 他好似天经地义地妄想，
> 给自己的灵魂留下残忍……

他没有出过诗集，从前也有打算，名为“沿着荒谬的路”。物质上的种种困难、暗中阻挠梦想的琐事令他一再耽搁……时至今日，人们对他知之甚少。

他跃动的诗句作着不寻常的涌流，与罗利纳[1]一

---

1 罗利纳（Maurice Rollinat，1846—1903），法国象征主义诗人、作曲家，诗风阴郁，多恐惧、疯狂、死亡等主题。

样，流向痛苦，流向黑夜和死亡。对生活，他爱得少，却有一股傲气。他还年轻，很年轻。这便是我的回忆。眼眶深陷的伟大青年诗人降临小镇，做了个梦，略感疲倦，于是离开。也许，他去向另一个阴郁的小镇，哪一天，他将再度疲倦，再度起航……

遥远的生活

尾声

现在，我需要写几行字，结束以上简短的记叙，为遥远的生活画上休止符。当然，事情没有终结，尤其是过去的旧事。但我相信，不再缠绕回忆，便可以一劳永逸杀死陈旧的灵魂。它犹如一只流浪狗，与我如影随形。写下最后这几行字，我恍然领悟，晦暗之事无足轻重，无论命运之手将它们怎样一一缀系于我的存在。往事不必纠缠。或许，这既不能慰藉过去的人，也无法平息我旧有的焦虑和新生的欲望。我并未老去，新的事情不断发生在我的身上，不同的道路吸引着我，于是，我离开走过的小径。光亮处，时常有异样的阴影，那是我摇摆的心所投下的。原来是我，亲手塑造了一个个黑土的身影，某一天不期而至，又随易逝的日子散去。回归暗地的朋友，怀揣亲吻与远梦的女人，如今，在这审视的时刻，我只觉得你们是我那无穷渴求与欲望创造的变体，而我，亦是你们逃往黑夜时所创生的。忧郁渐渐把我填满，像黑暗填满黄昏的房间。就像现在，夜幕降临，一阵冷风灌进敞开的窗。面前的七条电线，划过远方渐渐熄灭的暮色，勾勒出七道阴影。远远望去，时而飘摇，时而消失又重现。就这样，我不再谈论自己，我转而思考，如同病人听任思绪摆布。这会儿，大地像护士，在太阳的床头拉上了暗色的帘幕。

“我们追求的诗亦如此：
劳动的手酸蚀之，
汗水烟霾渗透之……”

——《绿马诗刊》前言其一，1935

论胡文西奥·巴列[1]的诗

劳尔·席尔瓦·卡斯特罗先生：

我亲爱的朋友，我不愿为文坛之事费笔墨。那出于嫉妒而侮辱我的画贩子[2]，我也无暇理会。

但是，我不得不为胡文西奥·巴列的《森林书》鸣不平，本书迄今受到的评价极为不公和武断。

阿隆[3]以惯常的花言巧语掩护《森林书》，犯了肤浅和蓄意伤害的双重罪。阿隆故伎重施，召唤哈马尔、沙德和马加杨尼斯[4]作古的魂灵：他的评论死气

---

1 胡文西奥·巴列（Juvencio Valle，1900—1999），诗人、智利国家文学奖得主。

2 “出于嫉妒侮辱我的画贩子”可能是聂鲁达首次谈及与巴勃罗·德罗卡（Pablo de Rokha，1894—1968）的宿怨。德罗卡不久前在《意见报》发表了《聂鲁达，一位流行诗人》（*Pablo Neruda*，*poeta a la moda*）一文。——原注，有改动。

3 阿隆（Alone）是作家、批评家、智利国家文学奖得主埃尔南·迪亚兹·阿里埃塔（Hernán Díaz Arrieta，1891—1984）的笔名。

4 哈马尔指奥古斯托·德哈马尔（Augusto d’Halmar，1882—1950），作家，1942年获智利国家文学奖。沙德（转下页）

沉沉，令人汗颜地哑然无趣。

青年嗡嗡派[1]雷耶斯·梅萨发表在《时代》的文章，空洞地大谈鄙人对胡文西奥的所谓影响，把一部杰作宰割、诋毁、献祭。

这是何等恐怖的事！急于保卫所谓先锋地位的年轻人，急于追逐潮流的青年诗人，不以诗作论短长，竟然掉进新闻界的虎口，打着民族的旗号，把墨水泼向一个高大、纯粹、孤独的南方青年。

胡文西奥·巴列不是先锋派，也很幸运地不是嗡嗡派。他纵横抒情的领域，扩展词语的张力与生命力，营造本质、隐秘而可见的结构，彰显任性、深刻、温柔、芬芳的特质。在我看来，他是当今智利最迷人的诗人。

《森林书》是诗的精确、赤裸、力量、意志与自

（接上页）（Shade）是作家玛丽安娜·考克斯·门德斯（Mariana Cox Méndez，1871—1914）的笔名；马加杨尼斯是指诗人曼努埃尔·马加杨尼斯（Manuel Magallanes，1878—1924），与哈马尔同属“一零年代”作家群。

1 当时的一个先锋诗歌团体，拒绝既有的艺术观，追求新奇随兴和戏谑玩笑，以本哈明·摩尔加多（Benjamín Morgado，1910—2000）为代表。“嗡嗡派”（Runrunismo）得名于一种发声玩具：绳子一端绑上木片，挥舞旋转可发出嗡嗡的响声。聂鲁达曾与摩尔加多论争，称“嗡嗡派”为“低智的幼儿”。

由，坚实而富有活力；是林中的一团纯火，是一把弦音清亮的吉他琴。

孤独，梦境，爱情，树叶，向奔流南方如金属般铿锵的水，无不带着心灵的宏伟庄严，居于这位新兴诗人的诗句。在胡文西奥笔下，万物化为活的基质和丰富养分，滋养出润泽我心的美妙旋律。

《信使报》，圣地亚哥，1932 年 11 月 20 日

《绿马诗刊》前言[1]

论不纯的诗

白天或晚上某些时刻，细细观察安歇的物件是很得宜的：满载庄稼和矿物、久驰于尘土的车轮，煤店的口袋，桶筐，木匠工具的手柄握把。物透露人与大地的联系，予苦吟的抒情诗人以教益。磨损之表面、劳动之痕迹，它们散发悲剧而动人的气息，有力地把诗人引向世界本真。

人的混乱不纯显在物的身上。工具的组合、使用

---

1 聂鲁达 1934 年任智利驻巴塞罗那领事，经加西亚·洛尔卡介绍，受到西班牙文艺界的热烈欢迎（除了诗人胡安·拉蒙·希梅内斯，聂鲁达在《绿马诗刊》第三期前言《德行与诗》中有所回应）。《绿马诗刊》（*Caballo Verde para la Poesía*）由聂鲁达和“二七一代”诗人曼努埃尔·阿尔托拉吉雷（Manuel Altolaguirre，1905—1959）等人合办，聂鲁达任主编。诗刊共发行四期。据聂鲁达回忆，第五期已印刷完成，因内战爆发散佚。——原注，有改动。

和废弃，脚印，指纹，人的气息遍布渗入，由表及里。

我们追求的诗亦如此：劳动的手酸蚀之，汗水烟霾渗透之，它散发尿液和百合的气味，沾染世上各行各业合法或非法的污渍。

如衣服、如身体的不纯的诗，有进食的污渍；有羞耻；有皱纹、注解、梦、醒、预言；有爱与恨的宣言、野兽、冲击、田园诗、政治信仰、拒绝、怀疑、肯定、税赋。

歌谣的圣律，触觉、嗅觉、味觉、视觉和听觉的法令，正义的追寻、性的欲求、大洋的澎湃。不要刻意排除，不要刻意接纳，趁着热烈的爱，进入事物深处。由此诞育的诗篇沾有指印、牙印、冰痕、汗水与劳动的锈迹，好似一把演奏不息的乐器，有反复抚弄的木身与傲然的钢弦那般极坚硬的柔意。花朵、小麦和流水也蕴藏同样的质地，那是某种美妙触感的余韵。

还有，别忘了忧郁。消磨的感伤情调，至真的不纯果实，浑然，却被书卷热遗弃。月光、黄昏的天鹅、“我的心”无疑是基本不可或缺的诗语。谁想免俗，谁就掉进了冰窟。

《绿马诗刊》第 1 期

马德里，1935 年 10 月

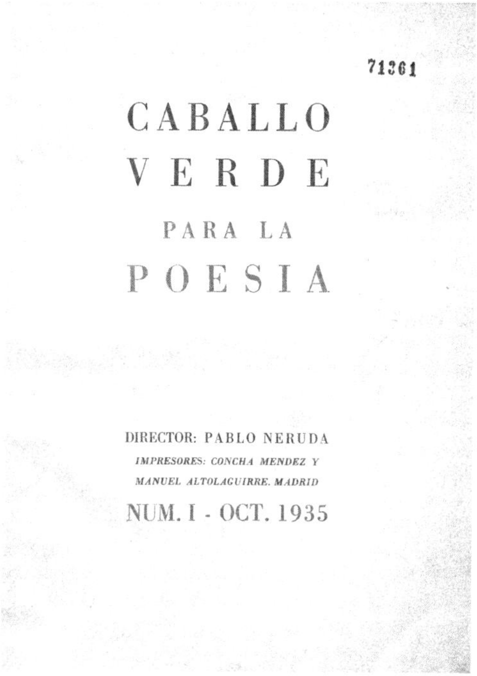
71361

CABALLO
VERDE
PARA LA
POESIA

DIRECTOR: PABLO NERUDA
IMPRESORES: CONCHA MENDEZ Y
MANUEL ALTOLAGUIRRE. MADRID

NUM. I - OCT. 1935

聂鲁达在马德里主编的《绿马诗刊》

主题

向着夜行人的道路，高大肃穆的铁像伸出手指。执拗的歌声，心的显现焦急地奔向它的领域：强大的极星，行星的桂竹香，巨大的阴影侵袭蓝色。

深空，受损的量级，正在迫近。时间与容积的贫儿不得其门而入。当无限的萤火虫把磷尾燃烧成灰，大地的学徒、地理学者、商人纷纷睡去。律师、收信人。

唯有某个囚于森林、窒息于铝灰色天空、遭受暴烈星辰轰击的猎人，庄严地举起戴手套的手，捶打心脏的位置。

心脏的位置属于我们。唯有从那里，借助黑夜与荒秋，伴着捶打，才会发出心灵的歌。

像岩浆或黑影，像兽类的颤抖，像无目的的钟声，诗之手深入恐惧、苦痛与心脏的疾病。在外总有孤独和遗忘的布展：树木、星星。身着丧服的诗人写得颤抖而孤独。

《绿马诗刊》第 2 期

马德里，1935 年 11 月

德行与诗

当时间以果决的闪电，一日日地把我们吞噬；当坚实的姿态、信心和盲目的信仰崩塌瓦解，诗人的高度趋于下降，像唾出的悲伤的珍珠母，我们自问，自我贬低的时刻是否终于抵达。

这是伤痛的时刻，我们目睹人类靠纯粹的牙齿、纯粹的指甲、纯粹的利益维生，目睹牙齿、指甲和仇恨的枝杈伸入诗的居所。

是年岁的力量，还是惰性僵化，使果实从心灵边缘退却？抑或，“艺术”统治了诗人，让我们每天看到的，不是深海激荡的苦涩之歌，而是可悲的人类日日守着可怜的私藏？

咳，时光伴着灰烬、空气和水前进！淤泥和苦闷啮咬的顽石突然在海潮隆隆中绽开，纤弱的玫瑰回返精巧的花冠冢。时光冲刷又拆洗，整饬又向前。

到那时，渺小的腐朽、无声的阴谋、肮脏冰冷的敌意，将剩下什么？什么也不再剩下。诗的居所里，只余下热血写就、热血倾听的篇章。

《绿马诗刊》第 3 期

马德里，1935 年 12 月

G.A.B[1]

（1836—1936）

……于是雨落

总是那样的声响……

忍冬之手绚烂，暮色也为之淹没。雨水织成了雾，堆成了雪，润湿了花。

伟大而忧郁的吟唱，伤痕累累的心灵！

你舒展什么样的枝蔓，什么样的哀鸽在你的发际飞翔，垂露的蜜蜂在你的残存栖息？

金色的天使，灰烬的仙兰！

旧日的幕帘血迹斑驳，竖琴在漫长黑暗中喑哑。爱的苦痛在心上摆布愤怒与憎恨的方阵，但泪水未曾

1 为纪念西班牙浪漫主义诗人古斯塔沃·阿道夫·贝克尔（Gustavo Adolfo Bécquer，1836—1870）诞辰一百周年而作。

干涸。名之下，事之下，流淌血色的盐河。

悲伤的衣袍，绽放花朵的洪钟！

事物下矗立着你的雕像，绣纹残落，无数的雨水泪水冲刷。你那被海鸟啄去眼睛的魂灵雕像，被闪电抹去的茉莉雕像。

不幸的太阳，雨水的主宰！

《绿马诗刊》第 4 期

马德里，1936 年 1 月

非现实与不思议

黑色的太阳从丘基卡马塔山[1]升起，在智利广袤的沙地投下阴影、伤痕、三角和创伤。

随后，它孕育出岛屿、众神、积雪、紫色的野兽、建筑、江河湖海的渔民、甲虫。

待到孤独的航海家马克斯·恩斯特[2]发现黎明时分的复活节岛，以首创的拼贴作品呈现，整个美洲大陆已是一片古老的骚动。江流之上漂满逃亡的檐帽，猎人自东向西伏击帽子的长蛇阵。奇异的事件自然地发生，列国政治变故——巴拉圭的独裁者弗兰西亚博士用望远镜观察星空的对称性时离奇身故——

---

1 丘基卡马塔山（Chuquicamata），位于智利卡拉马，是世界上最大的露天铜矿。

2 马克斯·恩斯特（Max Ernst，1891—1976），德国超现实主义艺术家，善于运用来自南美和波利尼西亚地区的民间艺术素材。

分明受到了乌拉圭出生的洛特雷阿蒙伯爵[1]的神秘影响（不仅如此，弗兰西亚这可怖的独裁者——兼光明会成员——身后被橙子覆盖几周之久，失踪之谜无从查起）。

总之，想知道这股风从何处而来，究竟是美洲还是巴黎，还为时过早，它扭曲旧神话，予之新的形式和活力。源流之辨姑且交给历史学者和四处的探险家。

与此同时，让我们庆幸非现实与不思议：欲验证存在，唯有出入幽暗之门。

为巴黎某超现实主义博览会而作

1972 年 5 月

《为了诞生而诞生》（*Para nacer he nacido*）

1 指乌拉圭出生的法国诗人伊西多尔·迪卡斯（Isidore Ducasse，1846—1870），法国超现实主义的先驱。

文字与武器
——序《安第斯文明》

在黝黑的农民、短工、征夫、冒险家和亡命之徒组成的墨西哥侵略者之列，有一青年士兵，名叫贝尔纳·迪亚兹·德尔卡斯蒂约。五十年后，他已是中美洲一市政委员，垂垂老矣之际，他留下了回忆录。我曾亲眼见过，亲手捧读回忆录厚重的原稿。原稿现存危地马拉城市政厅，用锁链固定在桌上，谁都可以翻看。以链条拴锁巨著，可谓耐人寻味。字体清晰工整，或是西班牙誊写员手书，贝尔纳在长椅或床头口授。究竟是长椅还是床头恐不可考，总归是发乎记忆深处，发乎生动的真相。贝尔纳虽老迈，记忆力惊人，埃尔南·科尔特斯麾下众人，乃至大小马匹，无不烂熟。

我少时生活在外省，读过《奥德赛》里神明与人类的传奇壮举，继而步入《一千零一夜》如梦似幻、情致迷人的幽宫。我以为书中奇异的王国，不可能为凡人所探索。我错了，贝尔纳就有这般奇遇：与陌生的宇宙不期而遇，突访新发现的行星，遇见活生生的神灵，耳闻地狱的乐声，目睹通身黄金。这个人注定要留下探险的踪迹。

尽管争议尚存，灿烂的文明确是毁于血腥和暗影。人与华服、神庙与建筑、神明与君王，皆被吞噬、毁灭、掩埋。征服是一场大火。各时各处，征服者接收的是一个广阔而富有生机的世界，留下一座覆满灰烬的星球。历史从来如此。身为美洲之民、生与灭的后裔，我们要挖掘，要在帝国的余烬里寻找夺目的宝玉和失落神祇的巨大碎片；也要看向高处，看古远的高塔跨越多少世纪，在大地上把骄傲挺立。因为在我眼里，埋藏地下的和矗立露天的，有不同的意义。这是我个人认识和理解古代美洲人的方式。

多年前，我流亡墨西哥城的时候，有两个怪异的访客上门。他们在我的书桌上摊开一个油腻报纸包裹的硕大包袱：几百件黄金制品，应是奇穆族、奇巴族或奇里基族的文物。寒酸的书桌上，件件宝物散发古老的金色光辉。有耳坠、戒指、胸饰、徽章、小鱼、怪鸟，还有抽象的星星、圆圈、线条、圆盘、蝴蝶。报价是一万两千美元，可惜我囊中羞涩。他们在哥斯达黎加和巴拿马之间的一条公路上做工的时候，发现了这笔宝藏，于是偷运出国变现。最后，两人抱着旧报纸包裹的宝藏离开了我的住处，自此，小鱼、蝴蝶和那金色的光不知流落何方。

还有一次在玛雅布[1]，我在树林边驻足观察石灰井[2]：那深黑的水沼是玛雅人的一大谜团。据说，祭神仪式上，投入深井的处子全身缀满黄金和松石，佩戴项链手镯，身穿华服。上个世纪，一个来自新生的美利坚帝国的狡猾商人心生一计，买下了这片看似荒芜的土地，专门从事捕捞。幽深奇异的地泉、神圣的石灰井，为他带来了成吨的神的秘宝。

我们广袤深秘的美洲，沿着螺旋的曲线、无垠的江河，山川之下、沙漠之中、新近发掘的古城街道，每天都有金光灿灿的历史遗迹重见天日。阿兹特克、奥尔梅克、昆巴亚、印加、钱卡亚、莫奇卡、纳斯卡和奇摩文明[3]的人形俑，数以百万计的陶器、木器，神秘精巧的绿松石、黄金，无数或具象或抽象的祭祀的杰作。它们是流派和规范，是崇高的风格，代表着残酷、崇拜、屈辱、悲伤、狂乱、真理和欢乐。那是

1 玛雅语言对尤卡坦半岛的称呼。

2 石灰岩被地下水侵蚀，坍塌形成的天坑，玛雅人用以举行人牲献祭。

3 均为中美洲前哥伦布时期文明。

一个生动的世界，有生死之谜的古老节庆，哺育诗歌和神谱的盛典；有春天的复苏与献祭，有关于性的无穷智慧；有诱惑与果实的大地飨宴，绝对的缄默与复活的奥秘。我们墨西哥、哥伦比亚、秘鲁的博物馆珍藏着数量庞大的文物，因存于地下幸免于难。文物曾被劫掠，埋在不知名的小径，和它们的创造者一样，殖民时期的布道坛驱逐之，百夫长追击之。深藏地层和水下，隐没数百年后终见天日，成为不朽的证言。

我在《漫歌》中写到，征服者皮萨罗将印加王囚禁于王宫，宣告若干星期后处决。犹如献祭的羊羔、受刑的奴隶，印加王会在自己的宫殿、最宽阔的庭院，死在王公、将领、祭司、女人、子女和乐师面前。“除非——”征服者说，“你的臣民从最遥远的地方献上最偏僻的财宝，全秘鲁的黄金。”“那是多少，多少？”印加王无辜的眼神投向征服者，“把你的手举到最高处，绕着房间画一条像你的血一样的蓝色的线。命臣民用黄金填满，以蓝线为界。”每一个漫长的分钟、小时和星期，传令官与祭司、王公与乐师、受辱的武士、惊愕的臣民、殉礼的典仪、焦急的女人四处奔走，群蜂纷飞，一个接一个带来盛满黄金的耳瓶、金像金杯、祭环祭盘、指环金杖、器皿、祭坛、项链、宝座、雕像。劳师动众而来的赎金终于超出王的画线，而皮萨罗，却听从书记、随扈、主教和将领的建议，在印加王的宫殿，在最宽阔的庭院，当着王公贵戚，把印加王处决。可叹众人把刽子手的话信以为真，邮差信使背负黄金，睡觉也不曾安枕。行至湖畔，噩耗传来，咒骂哀泣，财宝就此掩藏，黄金终究没能抵达君主的指画。

与之相对地，崇高的美洲显现在傲然独立的马丘比丘。与马丘比丘的相遇是我生命中的分水岭：那是1943年前后，欧洲大战不休。戈雅[1]曾预言："理性之梦孕育着怪兽。"

理性沉眠之时，怪物恣虐屠戮。前哥伦布的美洲曾充满苦难，德拉斯卡萨斯神父记录道，侵略者的狗常以活囚、女人、儿童和男人为食。此后，理性再没有做过如此阴森的噩梦。至于今日，堕落、暴虐乃至毁国夷族，一一按部就班，令人骇然。古典欧洲传来轰炸的雷鸣，我们从遥远的家乡，沿着贯穿长夜和汪洋的血痕，来到文明故地，只见奴役苦难横行。

我载着痛苦从墨西哥归来，对善的信仰坚定依旧，却难免因晦暗不明的世事而茫然、怠惰。我们沿

---

1 戈雅（Francisco José de Goya，1746—1828）是西班牙浪漫主义画派代表人物。

崎岖山路，骑着骡子来到眷恋的荒城：秘境马丘比丘。高耸入云的城池羞赧于她的时代，悄然藏身密林。她的建造者有什么遭遇？她的居民有怎样的命运？除却岩石的庄严，她的诞生、存在与消亡留下什么讯息？马丘比丘向我们报以鸣响的寂静。我曾在别处听到宏大遗迹的寂静，可那是屈辱的沉默、屈服在地的大理岩的无语。秘鲁的高山上，凌云的建筑不为人知地栖身安第斯群山的深静。天穹怀抱圣迹，苍林隐隐绰绰，流云濡湿细吻，彰显人类永恒之美的杰作。马丘比丘至高处有一座时钟，名曰“拴日石”。巨石组成日历，或许以子午线指示群山之巅的时刻。此类天文钟最为征服者所不容。毕竟，他们要把文明连根拔起。马丘比丘击败了征服者：她藏入险峻的山岩，铺展繁密的绿被，入侵者擦身而过，终不觉察她的踪迹。

马丘比丘显现在我眼前，向我昭示理性恒久，终胜邪妄。马丘比丘居民与创造者的缺席、她的诞生之谜与默然的坚韧，予我以莫大的关于秩序的教益：人类可以凭借团结的意志，建造历经百年的集体的屋宇，抵御自然的无序与人间的灾厄。于是，我想起墨西哥的特奥蒂瓦坎、阿尔班山遗址、奇琴伊察、乌斯马尔、帕伦克神庙。恢弘的宗教金字塔、辐射的对称，在墨西哥全境向着血与光明矗立。我意识到，殉难与暗影磨损的遗迹之上，深埋地下的造像、珠宝和器物的形式之内，昔日屈服而今日重生的广袤疆土之上，美洲大地的先贤立起了空灵澄明、坚实不灭的精魂，以之抗衡欺侮与遗忘的霸权和怒潮。

与马丘比丘的相遇向我揭示了诸多道路，其一便是用恒久的真理和集体的创造，铭刻我的命运。在这集体中，一切分子，希望与痛苦，纤弱与力量，无数次熔于有机的中心体，由它引领，诞育新的鸣响的沉默，如智慧深静，如音乐活泼。

我们丰厚的库藏里，必有没于草莽的诗的丰碑：阿兹特克人和特拉斯卡人献给神明君王的颂歌、节庆与祭礼的颂歌；秘鲁南部印第安人的古老诗歌，愁绪细腻如雨打叶丛的低语，时光也不能使之凋敝。《波波尔乌》是一部神奇的《创世记》，生动地讲述生命之始、风俗仪式之源，言之凿凿，犹如亲历。我们难以区分《波波尔乌》的迷梦与崇拜、事实与预言，它是人类历程的纪念碑。在宗教与非宗教的意义上，它是地上生灵成长与繁荣的简短赞歌。（我们知道，尤卡坦大主教下令烧毁了大图书馆，几个世纪积累的数千册玛雅文献付之一炬。）

有人好奇：古代美洲文明与现代文明有何关联？

首先应当承认，殖民给美洲不仅带来了旷日持久的外侮，更造成了难以估量的断裂。文明母体凋零灭亡，文明传承转入地下，在恐怖中衰亡，散落偏远的村落，最终泯灭。我们只能在小集市上，见到零星的杯盘、玩具和粗糙的织物。雕塑、建筑、诗歌、叙事、舞蹈，都被大地吞噬，因殖民长眠，至今没有苏醒。

光辉的传统偶有余响，见诸墨西哥画派的奥罗斯科、西格罗斯、里维拉和塔马约[1]。不过，画家固然富有力量，作品仍透出再创造的思辨色彩，文人的表现主义遮蔽了古老哑泉的原始澄明。拉姆和马塔亦在同一时期寻觅中断的传统，尽管诉诸恐怖与神秘，却不如前哥伦布时期古朴深奥的作品，令人深思惊惧。另外，欧洲艺术家如亨利·摩尔，美洲裔雕塑家如佩尼亚尔巴和科尔文，也尝试复兴美洲的伟大遗产。成功者如巴西建筑大师尼迈耶，他那宏伟的巴西利亚犹如不凋的集体的玫瑰，最大限度地趋近古代美洲凌云干霄的建筑奇迹。

就诗歌而言，美洲的诗人，除了几个值得赞赏

---

1 奥罗斯科（José Clemente Orozco，1883—1949），西格罗斯（David Alfaro Siqueiros，1896—1974），里维拉（Diego Rivera，1886—1957），塔马约（Rufino Tamayo，1899—1991）均为墨西哥艺术家，享誉世界的墨西哥壁画运动的代表人物。

的，其他早已远离我们繁密的宇宙，告别了豪尔赫・曼里克、索托・德罗哈斯与克维多，去追随佩雷和阿尔托两位先生[1]。美洲的小说在加西亚・马尔克斯等大胆人物的引领下，迈出了巨大的一步，延续了中断的脉络，发出了反叛或重生的第一声宣告：伟大正在酝酿。

说来奇怪，我的文字常常呈现出旅行的形式，朝向过去，通向沉默。我发现我们所做的无非是遍历，肤浅地掠过多元而丰饶的伟大文明；我想要做的，无非是沿着美洲人几百年来走过的路走下去。这条道路布满了先民非凡的创造、被遗忘的神话和惨痛的败绩。不论是辛勤耕耘的学者，还是了不起的科学家，都难以厘清、破译我们浩瀚的宝藏，解读永远与真相相隔，进而被更接近真相的解读更迭。至于巨细靡遗的摄像术，不论正视、鸟瞰，抑或多么高超的电影技术，也无法揭示热烈的奥秘和无形的陈迹。

而我，这片纬度的稚子，更不敢擅自归类、定名、下断语。我将在余生继续滋养、敬畏、惊异与柔

1 指本杰明・佩雷（Benjamin Péret，1899—1959）和安托南・阿尔托（Antonin Artaud，1896—1948），均为法国超现实主义诗人。

情，面对塑造我之存在的无数神秘作品。我将继续自觉渺小微末，仰望光辉的圣迹。愿有朝一日，亚美利加的土地无愧于先民广博的遗赠。

法国，伊顿河畔贡代，1972 年 1 月

罗贝托·马尼–恩里克·纪多尼《安第斯文明》序

瓦伦西亚，马斯–伊瓦斯出版社，1972 年

人民艺术

对我们来说，“人民”意为智利的田野、棕色的心灵、神圣的土地，似面粉、似黏土。写作的人骄傲地与人民站在一起，写他们的困苦与希冀。人民之于我们，超越任何雕琢的美学和纯粹精神的化学反应。人民，祖国无言的母体，我珍视人民，不仅胜过祖国的万千风景、火山海洋、高楼广厦，也胜过她法律形态的外衣与劳动者一般质朴寡言、忧郁欢欣的内在。背负苦难、压迫与沉默的，城市、乡村与海洋的暗淡子民，你们的艺术像那小小的萤火虫，在不幸、困顿与死亡的长夜闪烁。你们捶打坚硬的金属、紧握钻凿皮具，把不规则的材料加工成胜似花朵的马鞍、马镫；你们在不见天日的牢狱深处，把木材雕刻成朴拙动人的物件，显示纯真与和平的心灵；你们揉搓木料与黏土，成就我们举世无匹的神奇的黑陶……饱经沧桑的人民工匠与艺匠啊，你们赐予所谓有知识的作家与艺术家无穷的教益，教会我们抗争，教会我们把创造之美化作希望。请知悉，如箴言般广大的神圣人民，你们的姿态与你们的艺术，跨越了横亘于社会各阶级之间不可逾越的距离，你们的艺术令我们汗颜。因为，我们的创造，我们步履蹒跚的寻觅，行经情感与审美的晦暗境地，我们像穷竭世界的苦恼的巫师，找不到馨香、自发、本质的实现。而这对于你们，却如蜜蜂归巢一般自然，一如孩童指点明星。

各国人民散发幽邃的光，以极美极有力的艺术奠定民族的根基，各民族的艺术与生命进而成就世界的光华。伊斯帕尼亚的罗曼采[1]与反抗摩尔人入侵的鲜血之歌，汇就了犹如巨石洪流的西班牙语诗歌与人民英雄主义，二者同源不可分割。智利最伟大的诗人卡洛斯·佩索阿·维利兹，曾以盲乞丐的吟唱、吉他与狗为歌，其形式内容便与上述源流血脉相连。

让我们以此次博览会为契机，学习无名艺术家的质朴与柔情，用玫瑰与白鸽、词语与希望充实我们民

1 伊斯帕尼亚是伊比利亚半岛在罗马帝国治下的旧名。罗曼采是伊比利亚半岛本土的抒情叙事诗，是西班牙文学重要的源头。

族的沉默。因为，人民一无所有，却无所不有。

《智利知识分子联合会双月讯》第7期

圣地亚哥，1938年1月至2月

宣读于人民艺术博览会开幕式

圣地亚哥美术博物馆，1938年1月6日

序鲍罗迪亚[1]新作

那是福特T型车的年代，绅士佩手杖礼帽，淑女头戴翎毛。“最后”一场战争的硝烟已经散去，人们畅快呼吸。他们满怀憧憬，却未察觉新生的和平携带布尔什维克的毒瘤。它注定向懒汉、闲鬼、弱者、莽夫、痞子、怨恨社会者、失败者、眼红者和暴力犯扩散。人类中少数最坏的、死亡的累赘，就要翻身登场，带着意图称霸世界的僭妄。

——1972年12月17日圣地亚哥《信使报》署名E.B.的评论文章节选

1 鲍罗迪亚·泰特波姆（Volodia Teitelboim，1916—2008），政治家、作家、智利共产党领导人。1973年政变后流亡苏联，后回国从事地下斗争。1989年任智共总书记。著有聂鲁达、博尔赫斯等人传记，以及多部历史类非虚构作品，2002年获国家文学奖。

在疯子、莽夫、痞子、弱者、失败者之中，有像马克西姆·高尔基这样的共产党员；有以加加林为代表的首批超人宇航员；有飞机设计师图波列夫；有科学家约里奥-居里；有画家毕加索、亨利·马蒂斯、费尔南德·莱热；有天才壁毯艺术家吕尔萨、令人惊叹的艺术家保罗·罗伯逊；有作家阿纳托尔·法朗士、亨利·巴比塞、弗拉基米尔·马雅可夫斯基、路易·阿拉贡、保尔·艾吕雅、贝尔托·布莱希特、马里亚特吉、塞萨尔·巴列霍；有政治家列宁、格奥尔基·季米特洛夫、安东尼奥·葛兰西、胡志明、路易斯·埃米利奥·雷卡瓦伦。至于我，承蒙这位历史学家不弃，亦得忝居“疯子”之列。自然，在我们的行列里，还有杰出的公民、出色的散文家、睿智的参议员——智利作家鲍罗迪亚·泰特波姆。

敌人的智力水平既如此，共产党人何必嘲讽，何必不悦？他们满眼是自己的面目：有眼无珠、顽固不化、无知无畏、吞吃思想。他们被自己的倒影吓倒，被自己生产的昏昧禁锢。要么是掌权的资产者，要么是无知的雇佣兵，不论哪一种，都无法理解，全新广阔的人性正在萌芽，继承昨日崇高、成就今明胜利的人本主义已经降临。

如果有人说鲍罗迪亚·泰特波姆洞若观火、目光如炬，智利人不会讶异。他的严谨与雄辩，人所共知。参议院源自贵族阶级，历史悠久，也鲜有鲍罗迪亚那般高超的说理，周全的论述，对人民权利热情而严谨的辩护。就连针锋相对的宿敌，也不得不认可他的高明和才识。

鲍罗迪亚从未舍弃文学创作。从诗歌到小说，他把繁茂的思之树稍稍抖落，给我们送来一簇簇智慧的新枝。思想深静，正义热切，树木不歇生长，落叶铺垫了白日的斗争路，也承载可见的星光。鲍罗迪亚是大地，也是星空，真理和梦想汇流，构成他言语和文字的魅力。

把我对这位朋友的敬意诉诸文字，不是一件容易的事。他给予我无限的帮助和无数的建议，为我化解了窘迫的困境难题，但我对他的钦佩不在私人情谊，而在他的开明、长远和广博，他为智利政治带来了新的维度，可悲的狭隘冥顽之徒充斥高台讲席，更显鲍罗迪亚之珍贵。

我怀着崇高的敬意和深深的热爱开启鲍罗迪亚·泰特波姆的公民证言。我敬重的，是伟大战友的品行；我热爱的，是我们引以为豪的共同事业。

1972 年 12 月，黑岛

鲍罗迪亚·泰特波姆《公民之职》序

圣地亚哥，新生出版社，1973

记一个英俊小伙
——拉斐尔·阿尔贝蒂

1934年结识的那个英俊小伙，穿着蓝衬衫，打着罂粟花红的领带。今年，他迎来了七十寿辰。依然朝气的他为了变老，用尽千方百计：战斗、磨砺、劳作、贪欢、放纵，样样不落。

他纵情诗歌和生命，战败、流亡打不倒他。即便把民族扛在肩上，像古老的诵诗人四处游吟，皱纹也不曾爬上心房。

他洒脱对待不公和嫉妒，像一只蜜蜂，自给自足地忙碌在金色的诗园。

西班牙真正的历史写就之时，勋章上自然会浮现肖像。世人会知道，金色面孔解放了西班牙的诗，仿佛一束光泉，照亮她古典又通俗的神采。

虽然圣玛利亚港、赫雷斯、马德里乃至整个西班牙缺席，好在雷焦艾米利亚小镇[1]为拉斐尔·阿尔贝

---

1 意大利北部艾米利亚-罗马涅大区下辖市镇。

蒂庆祝了寿辰。意大利的同志们值得嘉许，大诗人理应戴上意大利大地生长的月桂。

1972年12月，黑岛

《为了诞生而诞生》

“西班牙未亡，
她的魂灵升至
我们心手相牵的地方……”

——《西班牙未亡》，1939

致美洲的友人

每天，我收到许多善意的来信与忠告：收起你的态度，不要谈论西班牙，不要激化情绪，不要卷入党派之争，做好诗人的崇高本职，等等。在此，我要予以彻底回应：我在西班牙内战中站在人民一边，乃是因为，人类精神与文化的未来直接取决于这一场斗争。设想军国的野兽得逞，设想佛朗哥、冯・法乌佩尔和孔蒂[1]建立起代表背叛和侵略的统治，浩劫过后，道德沦亡和物质崩溃自不待言，人类的智识又将呈现何种面目？千万别忘了，费德里科・加西亚・洛尔

---

1 佛朗哥（Francisco Franco Bahamonde，1892—1975），西班牙独裁者，1936 年率麾下的驻摩洛哥军队反叛，在轴心国的帮助下，推翻共和政府，实行长达近四十年的法西斯统治。威廉・弗莱赫尔・冯・法乌佩尔（Wilhelm Freiherr von Faupel，1873—1945），德军高级将领、外交官，西班牙内战初期任纳粹德国驻佛朗哥阵营代表。孔蒂指的是加莱阿佐・齐亚诺（Galeazzo Ciano，1903—1944），意大利法西斯头目，墨索里尼的女婿，曾任外交大臣，在西班牙内战中支持佛朗哥叛军。

卡遇害后，格拉纳达的广场燃起篝火，数千册《吉普赛谣曲》连同他的全部遗稿付之一炬。

杀戮与焚烧诠释了西班牙法西斯军国主义的实质，他们效法的，是可怖的德国政权。加利西亚的教师几乎被迫害殆尽：猎杀小学教师堪称加利西亚长枪党的日常运动。我深感，一场世界历史上前所未有的迫害潮将扼杀西班牙的一切生机与创造力。他们要用血与火结束一切。

与叛军狼狈为奸的，还有西班牙文坛的渣滓、色情小说家和马拉尼昂[1]之流的职业叛徒，他们的知识活动徒充门面。但真正的知识分子，学者、教师、图书管理员、散文家、小说家、诗人、画家、雕塑家、版画家，非死即流亡。野蛮和死亡笼罩西班牙。

但是，他们不会得逞[2]。人民的军队捍卫人民的生命，即是捍卫图书馆、博物馆，即是捍卫我们——西班牙语世界的写作者。捍卫城池，就是捍卫我们民族的智识。我与坚不可摧的精神同在，与西班牙史诗般

1 格雷戈里奥·马拉尼昂（Gregorio Marañón，1887—1960），西班牙医学家、历史学家，内战前夕离开西班牙，批评第二共和国，引起左翼知识界强烈不满。

2 原文“No pasarán”意为“他们绝不能通过”，系马德里保卫战共和国军的口号。

英勇的不可磨灭的心灵同在，与人民的心灵同在。正是人民的心灵涌流出原初的诗，汇聚成我们今日共同的言语。自始至终，我与西班牙人民站在一起。国际强盗朋比为奸，我与饱受他们蹂躏的人民站在一起。拉丁美洲的诸位，我要告诉你们：若非如此，便不配存于人世。

《我们的西班牙》，巴黎，1937 年 3 月 9 日

西班牙的风暴

我与西班牙大地曾有长久的接触。这孤独的国度，历经沉默神秘远甚于他国的漫长岁月，犹如一艘幽灵巨船，终于驶抵知识的海岸与智力的抽象领域。像巍峨的埃斯科里亚尔宫[1]，她固守沉重而骄傲的传奇，脚下是贫瘠的荒原。在与这片土地和文化持久缓慢的接触中，我取得了火种，当巨大的苦难与希望来临时，便将自己燃尽。在此，我恳请诸位聆听我激动的诉说，面对母国的悲剧，我当献出所有：唯有完全的生命或完全的静默，才堪匹配西班牙烈火般的心灵。

我诉说的对象既包括并肩战斗的同志，也包括出于怯弱犹疑不决，或是误入敌营的人们。我相信，你们必定受够了摩尔军队[2]的狺狺狂吠，受够了用拿撒

1 位于马德里西北方，瓜达拉马山南麓，兴建于西班牙帝国全盛的十六世纪上半叶，集宫殿、修道院、陵墓、神学院等为一体，规模庞大，蔚为壮观。

2 指佛朗哥麾下的驻摩洛哥军。

勒人耶稣的名义侵犯西班牙子民的栖身之地，受够了囚禁侮辱圣职的黑暗德国的暴徒，假借救世主的慈悲，摧毁一个民族的面包与生命。犹大的面具血迹斑斑，佯作赐福的假面背后，德国文化正在集中营里腐朽，恐怖与迫害横行，阿比西尼亚[1]和平的金色太阳被刽子手斩落、践踏。假面背后，只剩下死亡彻骨的寒意。

7月19日、29日和21日[2]，我们亲眼目睹装备匮乏的民兵开拔。19日晚，我们与大音乐家阿卡里奥·科塔波斯[3]穿过马德里，见证人民第一次扛起步枪、握起手枪。巴塞罗那和马德里的人民武装起来了，视工人为暴民的人对此大加挞伐。他们乐见的，是叛军横行，大肆屠杀。但是，我可以说，世上再没有什么比贫苦人民高举拳头和理想，对抗不公，更加令我自豪满腔。那个早上，伴随每一次爆炸，我距离蒙塔尼亚军营[4]不远的住所剧烈地摇晃，而世界的心，也为之骄傲地跳动。世界历史前所未见：面对狼

---

1 埃塞俄比亚旧名。

2 指1936年7月。

3 阿卡里奥·科塔波斯（Acario Cotapos Baeza，1889—1969），智利音乐家，1960年获智利国家艺术奖。

4 马德里西北部一处军营。1936年7月，该处军人叛乱，反对赢得二月大选的人民阵线政府，叛乱被政府军和民兵挫败。这场政变的失败揭开了西班牙内战的序幕。

狈为奸的列强，面对柏林和罗马的贼徒精心策划的侵略，当今时代竟有一个民族，敢于向系统化的反动说不，向庞大的武力说不，向法西斯说不。时至今日一年有余，在苦难中挣扎的西班牙人，以英雄的鲜血为勋章，不屈服、不投降，仿佛一株枝叶似钢铁、根系似真理的巨木，愈发茁壮。

我要告诉你们我家两个女佣佩帕和玛利亚的故事。7 月 21 日，家里没人做饭、没人打扫，因为她们俩，一个十六岁、一个十八岁，在突袭占领蒙塔尼亚军营的最初几个小时，便投身七零八落的队伍。次日，她们回到家，两个目不识丁的安达卢西亚天使，两个腼腆温柔的姑娘，两双受伤的、持枪的手。正是她们率先冲进军营，攻破了战术家、将军们和机关枪布设的防线。其后几天里，我总能听到她们与人通电话："咱们还缺一部无线电接收器，缺一个识字教师，缺一部打字机。新医院少十二张床……"

佩帕和玛利亚，无论战火把你们带到哪里，请记得，我在祖国的首都牵挂着你们。你们要知道，此刻身在智利的我，多么希望同胞之中也有像你们一样的女性，尽管不识字，却英勇不凡、圣洁无瑕。

街道弥漫着硝烟，民兵战士从古老的堡垒取出步枪、头盔和制服。军营内受人蒙骗的士兵——正如今日意大利铁蹄之下的土地。有人告诉他们，政府已被俄国人占领——哭泣、亲吻他们的解放者。浓烟熏黑的卡车满载笑声，爆发出“共和国万岁”“西班牙万岁”。国旗的色彩、光与火的喷薄，神圣的7月21日载入了人民的历史、世界的历史！

然而，几周以后，我的家再一次因爆炸震颤。那不是自由的爆炸声。悲剧开始了。我记得第一枚炸弹落在罗索德鲁纳街。警报已经响过，居民怀抱孩子，聚集在楼下。我们听到德国军机的轰鸣，听到西班牙人格外高亢的嗓音，突然间，仿佛一座巨大的火山在耳边爆发，一股浓烟随即涌入鼻腔。随后便是坍塌的巨响，玻璃破碎，生灵悲泣。

《光明》

圣地亚哥，1938年2月16日

日耳曼真正的灵魂

遭受放逐、迫害与死亡的伟大生命归于何处？家国仿若一只白鸽，失落在幽暗庭院的角落，护育之人在何处？希冀与沉默化作的绝望之麦又在何处？没有希望，我们该何去何从！

馆长先生，我们带来了伟大的遗迹、北方航船的高大风帆。这艘大船，乘永恒之火升入高天，又因人世变迁，坠入搁浅的深渊。富饶国度在梦中、在现实、在纵深处的一切创造，无不凝结于此。血与浪鞭笞的瑰宝，我们把它迎入这个刚刚走出蒙昧之林的国家。

我们了解、珍视这一份财富，把历尽伤痛、凌虐、迫害与放逐的它托付于你们。正如林荫之疏密在于岁月缓缓累积的枝叶，这伟大的书籍、千瓣的日耳曼玫瑰之下，沉淀着数百年的文化、词藻和默默耕耘。要让海因里希·海涅，爱因斯坦，托马斯·曼吐露璀璨的繁花、谜样的几何或神秘的人性，必有日耳曼土地几百年的孕育。而今日，文明哑然，黑雪落在繁密的根系。

馆长先生，今日赠书，使之免于世界的动荡，我们何其自豪。我们热爱的祖国不为邪风侵染，在国家书库的心脏，为高贵而哀痛的世界智识提供了一片净土。

馆长先生，我相信，贵馆的义举，将会被世界各地的同行效仿铭记。在此，我郑重托付你们，请在将来的岁月守护真正的日耳曼之心。

《人民阵线》(*Frente popular*)，1938 年 7 月 21 日

在纳粹封禁书目赠书仪式上的致辞

智利国家图书馆

智利知识分子联盟

西班牙

一年来，我为祖国的思想与政治自由奋战，不免有些疲惫。来到这里[1]不是为了说什么，只为怀着虔诚与希冀倾听。之所以虔诚，是因为诸位必定从各自的遥远国度，带来了点滴的友谊与关切；之所以希冀，是因为我们的团体——智利知识分子保卫文化联盟，把每一次的相逢视作希望的契机。

我见到了与会各方友好的接触，并且在繁冗而必要的各种技术性话题之列，找到了智利的知识分子最崇尚、最珍视的词语："人的尊严""民主""自由"。不过，还有一个词语却姗姗来迟，今天才抵达会场。她被千百万人民和成千上万知识分子重复着，她是象征，也是令人心碎的现实：她就是"西班牙"。

全美洲的朋友们：一年多以前，来自世界各地

1 指1939年初在智利圣地亚哥召开的第一届美洲知识分子合作大会（Conferencia Americana por la Cooperación Intelectual）。

的六十名作家举办了一场类似的大会[1]，会址就在战火中的西班牙首都。我向各位负责任地说，那是一次精神的盛会，尽管头顶是敌机的狂轰滥炸，身陷四面围困，会场和餐厅始终洋溢着兴奋。本次大会，我们的大学秉承人民意志，提供了便利的条件，但要论热烈，恐怕难以与之比肩。究其原因，那一次大会着眼的不是战败的世界，而是人类未来的创建。

一天夜里，战火中的忙碌过后，我们正在吃饭，附近的爆炸声愈发频繁，连天火幕笼罩了千疮百孔的城市。持续的炮火中，我们聚在一起，唱起希望的歌，那是俄耳甫斯在地狱之门的歌。分散在世界各地的知识分子，文化危急的赤裸裸的现实把他们召唤到马德里这座世界的都邑，破天荒地唱出人民之歌。因此，大会闭幕前，为了彰显我们的态度，诠释我们的斗争，乃至我们全部的憧憬与欢欣，我必须说出这个词语：西班牙。她像熊熊燃烧的天使降临世人的良

---

1 指 1937 年 7 月在西班牙瓦伦西亚、马德里、巴塞罗那和法国巴黎辗转召开的第二届国际作家保卫文化大会（II Congreso Internacional de Escritores para la Defensa de la Cultura），38 个国家的 200 余名代表参加，是二十世纪左翼文化史上的重要事件。

知，她宣告：全世界的知识分子，团结起来，守护我们的文明！

今天下午，敬爱的堂恩里克·莫利纳教授发言的时候，我仿佛置身一场古老的舞会，四周是身披纱衣的幽灵。头衔显赫、模样痛苦的幽灵，受康塞普西翁大学校长之邀起舞，好似音乐盒中的舞者。他们的名字让人不解：内在文化、精神共生云云。然而，尽管虔诚的信徒召集了如此轻盈优雅的舞会，在这舞步停歇的片刻，我依然听见马德里炮声隆隆、灵魂战栗。震耳欲聋的枪炮声吞没了我们的西班牙母亲，却传不进我们的会场。

智利的知识分子追求的，是立足社会主义现实主义，赢得全人类的和平，是人民缔结的手足情谊。我们不与暴徒谈情谊，他们戕害了巍峨的西班牙和不朽的中国，残暴地扭曲人类的心灵。我们追求反抗暴君的人本主义，我们追求文化的自由，我们明白，文化要服务于人民。我们亦渴望幸福的美洲民族大家庭，一个不见褴褛的美洲、美洲人的美洲、世界自由的避风港。正如我们杰出的战友、智利记者协会主席马尔塔·布鲁内所说："他们不会得逞。"这是小说家塞万提斯和米亚哈将军在马德里城下的豪言，也是诗人加尔西拉索·德拉维加、"热情之花"、大师克维多和罗霍将军的宣告，文明与人民的宣告。

1939 年 1 月 11 日

《民族报》(*La Nación*)

圣地亚哥，1939 年 1 月 22 日

在第一届美洲知识分子合作大会闭幕式上的发言

西班牙未亡

那个夜晚，时间无情的长鞭落下，长夜因离乱苍老皴皱，布满火药的灼痕。我走下火车，第一次踏上马德里的土地。里里外外的人群是那么渺远陌生，皆是同一个模样、同一张苍白黧黑的西班牙面孔。蓦然间，透过迎面的尘土与怅惘，我望见人群散去的月台上，有一人举着花束，独自等待在冬夜的车站。他即是西班牙，他叫费德里科。

我同他走下坚硬的石阶，走向祭衣与骸骨的迷丛。蒙尘的西班牙，世上没有谁比她受难更深，更加孤寂疏离，也没有什么地方比她更加光辉灿烂。

在那里，岩丛似火，颤动着过去的历史；骸骨朽烂，生发出钢铁般沉默健壮的世俗生命。在那里，我惊奇的美洲之眼，目睹了雕像紧闭的眼帘，创造与自由的鸽子，它们融合成一。

我当时便明白，我们美洲的浪漫主义，我们如江河奔流、如火山澎湃的建构，亟须一个大写的联盟。

正如西班牙大战前夕形成的联盟，贯通神秘与精确、经典与激情、过去与希望。

背叛、侵略、蹂躏、肢解西班牙的贼徒，口口声声打着传统和帝国的旗号。然而，西班牙真正的传统，地理与心灵的大发现，只存于西班牙的儿女。悠远的历史涌动着希望的潮，哪怕一时潮落，也牵动世人的良知。

马德里街头回荡着歌声。战前，孩童歌唱，人民阵线来了，朝向未来的窗户敞开了。西班牙的劳工向世界推开了窗。透过光影，我们看见西班牙面黄肌瘦的脸映着行星的新光。雄壮如大地、坚韧如时间的歌声高扬。在那迅疾的卡斯蒂利亚之春，民族与世界的歌声，依靠神秘的磐石和春日的新力，向世界宣告："起来，全世界受苦的人。"歌声越过马德里工厂的黄昏、新叶的黎明、群鸟无心的叽喳。西班牙干涸的嗓，唱出全人类的歌。

同志们，我们听见了，听见了最高亢的西班牙之声、即将临盆的伟大母亲之声。同样地，我们也听见或近或远的炮火，把预言的歌声吞没。于是，迅猛如风暴，人民战斗的铮鸣传来，高亢坚硬，如刀剑锐利。随后却是可怖的黄昏，光明与鲜花残损，只留下西班牙时断时续的垂泣。至暗的时刻，黑夜、背叛、死亡步步进犯，闯入了人类最辉煌的门庭——西班牙之心。但终究，黑暗也将从那里退却，自由的光必将充溢。

彼时的工厂、彼时的学校、彼时的麦穗，我在蒙得维的亚[1]向你们致敬，在智利向你们致敬。西班牙的日子，我怀着你们终将回归的确信与希望，向你们致意。

我的立足之处首先是智利，挚爱的祖国、最美丽的国度。火山多发的国度、美酒与小麦的土地，大洋最汹涌清澈的潮拍打她碧蓝的海岸。我的母亲、西班牙母亲、海洋与土地的子民在歌唱，学校与矿山在歌唱；神圣的三色旗帜、祖国的白雪蓝天之下，我们的诗人在歌唱。他们歌唱的不是大海，不是天空，不是果品美酒；他们歌唱的是祖国，是栖息于此的不可战胜的自由飞鸽。我朴实的同胞在硝石矿和铜矿劳作，凭粗糙而灵巧的手开凿出一处洞穴，盛放美洲的希望——我们骨肉相连的母亲托付于我们的希望。

美洲的兄弟姐妹们，唯有深刻不凡的意识，才能理解我们所守护的卓绝遗产和纯粹生命。我们不能空想，我们无暇沉眠，我们只能带着战士与建设者的

1 乌拉圭首都。

疲惫入睡。美洲各地传来锤击与歌声：我们劳动、生存、奋斗，以大洋为堑壕，守卫着劳动，守卫着和平。

在那壮丽的火山下，在那荒凉的原野、绵延的河川，在那美洲炎热的白天里，我们听见锤击声声，犹如欧罗巴的黑暗之手涌出金属的纯歌。我们亲切而骄傲的工具在大洋与冰雪环抱的新世界，筑起人类和平的居所。在美洲全境，一支锻冶熔炼的歌犹如火的回响，回应着慕尼黑的寒冬。智利点燃了光明的火，蒙得维的亚传出无畏的铮鸣，乌拉圭长出繁茂的花，哥伦比亚举起拳头，卡德纳斯[1]的强健胸膛与广阔心灵守卫着墨西哥。一个灿烂、智慧、阳刚不失亲和的笑容，好似新星护佑人类的自由。如此坚定的微笑只能生于美洲，他名唤罗斯福。他的笑、他的名字令黑暗颤抖。

但是，最令人惊异的，是见到画家的手、诗人的眼、知识分子的光在西班牙的道路复苏。他们为了人民而重生。西班牙大地不仅仅覆盖着航海家和士卒的阴影，也印刻着路易斯·德·贡戈拉、佩德

---

1 指时任墨西哥总统的拉萨罗·卡德纳斯（Lázaro Cárdenas，1895—1970）。卡德纳斯任内大力推动社会革命和民族工业发展，实行土地改革，铁路和石油工业国有化，并接纳苏联前领导人托洛茨基在墨避难，亦对西班牙内战难民敞开怀抱。

罗·德·埃斯皮诺萨、弗朗西斯科·克维多、埃尔·格列柯[1]和戈雅的足迹。烈焰的花蕊犹如了无生气的血脉，沉睡在西班牙。因为人民沉眠之时，自由、和平、文化亦沉睡长眠。而人民觉醒的前夜，我曾有幸见证，伴随阿斯图里亚矿工、面包师、渔民的黎明，诗与艺术的征服者古老而崭新的身影，如鲜花新月盛开。贡戈拉梦幻的珊瑚，在大诗人拉斐尔·阿尔贝蒂高贵的额头重现；埃尔·格列柯的马群跃过几个世纪的晦暝，奔腾新生画家的画室；阳光倾泻，把诗与无言的簇簇谷穗铺满西班牙大地。

崭新的蜡样铸成伟大的模范：诗人走向田间，带去绘画、诗歌、电影；西班牙之子费德里科·加西亚·洛尔卡，好似谷穗的魂灵、小麦的根系和琥珀的显影，奔向埃斯特雷马杜拉和卡斯蒂利亚的乡村。他教导百姓，更以百姓为镜：他终归是人民之一，是洁白的面粉、无瑕的璞玉。

西班牙的知识分子，与我亲如手足的、属于土地

1 路易斯·德·贡戈拉（Luis de Góngora，1561—1627）、佩德罗·德·埃斯皮诺萨（Pedro de Espinosa，1578—1650）和弗朗西斯科·克维多（Francisco de Quevedo，1580—1645）是西班牙文艺黄金时代的重要诗人。埃尔·格列柯（El Greco，1541—1614）是西班牙文艺复兴时期重要画家。

与人民的知识分子，始终忠于文字、点亮文字的知识分子，他们每日乘着破旧的大篷车，向农民播撒知识和词语。纺车缓缓停下，犁头立在星斗满天的夜，诗人同志崇高的嗓音不仅落在犁沟，也落在干涸的魂灵。反动势力仇视他们，更甚于工人。于是，煊赫的弗朗西斯科·佛朗哥将军——在乌拉圭，我们竟不能称他为刽子手——纠集摩尔、那不勒斯、葡萄牙和日耳曼叛军，把西班牙踩在脚下，向诗人、教师、医生，向所有知识分子最先举起了屠刀。我们绝望的心上，屠杀知识分子同志的枪声回响。当血腥和硝烟传来，死去的，是我们的歌谣与绘画、知识与智慧，是我们的关怀。鲜血淋漓的事实，无休止的枪声，砸落加利西亚、塞维利亚、罗马和柏林的巨斧，匪徒的闪电，还有维也纳、布拉格和中国迸溅的鲜血，殉难的明星，这一切向我们昭示：法西斯最痛恨的，莫过于知识和理性。血色的夕阳下，一条新辟的道路显现，我们非死即生，没有退路。不论死生，我们与人民同在，与全世界受苦的人同在。

西班牙是一个独特而普适的例子，是值得人民学习的一课，是一只破碎的桂冠。她也是人文主义者的一课，关于“群”与“独”的一课。她的人民汇成江河，捍卫贫瘠之地的尊严与独立，捍卫明日世界的基石。人与旗帜的江河、轰炸下的喑哑、前所未见的野蛮侵略。马德里的孩童让我们噤声，小手指天，贼寇的战机传来黑色的轰鸣。机枪扫射后的血泊里，是新开的学校；战士的身侧，诗人在瞄准浓烟滚滚的地平线。这一切将跨越时空，永久昭示团结的力量。至于人类的智识，蛮横、暴虐动摇了它隐秘的根基。一群超俗之人跌落高台。这是独行者的一课，人性挣扎的一课，悲泣的风雨飘落智者的脚下，开启沉思者紧闭的大门。它从烟囱灌入，逆着炭火，打湿中立者的灵魂，用闪电的指尖，划刻他们隐匿的良知。

我是一个诗人，自我沉浸的大地的观照者。我想用微渺混沌的诗，打破包裹水晶、木材和岩石的奥秘；我想专注于宇宙的千百种声响，聆听浩瀚如海的夜晚、寂静无垠的土地和天空。但我不能，不能。嘶哑的鼓声召唤着我，苦痛的搏动、热血的合唱掀起汹涌的海潮，把世界冲刷拍打；孩童的眼眸穿过历史的迷宫，投向西班牙的土地——他们生来不是为了被掩埋，他们生来，是为了挑战行星的光辉。我不能，不能。因为中国的稻田溅染了鲜血，因为布拉格的墙垣倒塌在泪水的泥浆中，因为人间的恐怖玷污了奥地利的樱桃花。我不能，不能坐在旁观生命与世界的高台上，一言不发。我必须走出门，沿路呼喊，直到生命终结。美洲的和平需要我们，我们有权利和责任推动人类走出谵妄，从风暴中重生。

西班牙未亡。成千上万的男人、妇女、儿童仍备受煎熬，标榜“博爱、平等、自由”的国家设置集中营把他们囚禁[1]，他们唯一的罪过就是捍卫祖国之独立。

全美洲必须行动起来，轮到我们为人类洗刷耻辱了。我要自豪地宣布，尽管敝国遭遇了天灾[2]，政府仍然决定接收一批西班牙移民。为此，我要恳请各国伸出援手，智利虽然可以为愿意在孤星旗[3]下谋生的人们，提供土地和岗位，但灾后财力紧张，不敷转运移民。也请诸位四处呼吁、宣告，掀起一场团结与声援的运动，帮助西班牙人到美洲避难。在这苦难的季节，就让西班牙上空回响我们的邀请：请西班牙人民到美洲来，到新世界来。

不，西班牙未亡。我看见了一切，我看见了刽子手和掘墓人；我看见了哀悼的黑纱，看见赤裸躯体，横亘在伟大语言发祥的高原上；我看见敞开的伤口洒

---

1 指法国在边境地区设立集中营处置西班牙难民。

2 1939 年 1 月 24 日，智利中部发生 M_S8.3 级强震。地震造成巨大破坏，约三万人死亡。

3 智利国旗上有一颗五角星，故有“孤星旗”之称。

下先驱的鲜血，看见鹰隼盘桓，伸长利爪尖牙，我也看见黄昏下，你疲惫而美丽的前额。西班牙未亡，不朽的西班牙、煤油灯的西班牙，盛产谷物、美酒和英雄的西班牙，你只是把热血稍歇，好让历史明白失去你的代价；好让自由孤独，文明无助；好让人们摸着良心，询问你在何方。让我们回答：西班牙永存，在我们火热的战斗，在世界的命运，在她几百年前开拓的古海新路上。和平、尊严、正义的古老思想，借由她的牺牲闪动新生，点亮世界的光。西班牙，你见于我们的一切行动，见于我们的一切思想，见于我们的决心，我们的悲痛、快乐和希望。西班牙未亡，让我们审视现实与未来，拾起激情和信念；西班牙未亡，她的魂灵升至我们心手相牵的地方、拳头紧握的地方，升至伟大母亲为了自由，牺牲在至暗长夜的地方。

《智利的曙光》第 10 期

圣地亚哥，1939 年 5 月 6 日

代表智利知识分子联盟参加民主国家大会

（Congreso Internacional de las Democracias）的演讲

蒙得维的亚，1939 年 3 月

巴勃罗·聂鲁达的亲笔信

美洲理应向受难的西班牙伸出援手，成千上万的西班牙人正在非人道的集中营饱受煎熬。

让我们把他们接到美洲吧。智利刚刚经历了一场地震，遍地废墟残垣，但我们依旧敞开家门，庇护遭受欧洲法西斯蹂躏的西班牙人。请慷慨解囊，支持我们的义举！支持西班牙难民到智利！

《智利的曙光》第 12 期

圣地亚哥，1939 年 7 月 4 日

致阿根廷救济西班牙难民联合会（FAORE）的亲笔信

智利欢迎你们

致西班牙人民：

放眼广袤的美洲，智利与你们最远。

你们的先祖曾亲身确证。

西班牙征服者历经多少艰难险阻，与不屈的阿劳科民族三百年兵戈不息。

艰辛的生存孕育了耐劳的民族。智利远不是天堂，我们的土地仅为辛勤耕耘者提供报偿。

致共和国民：

敝国热诚欢迎你们，你们的英勇与不幸深深地打动了智利人民。

不过，你们面对的将是艰辛的劳作，收获愈丰，愈能繁荣你们新的祖国——一个以人民为基石的国度。

巴勃罗·聂鲁达

西班牙移民事务特任领事

《智利欢迎你们：致流落法国的西班牙难民》

巴黎，1939 年

“这便是这位先行一步的战友为我留下的回忆……”

——《费德里科·加西亚·洛尔卡》，1937

费德里科·加西亚·洛尔卡与巴勃罗·聂鲁达致鲁文·达里奥联璧演诵[1]

聂鲁达：女士们……

洛尔卡：先生们。斗牛场上有一种“双人斗”，两名斗牛士执同一块红布，共同引逗公牛。

聂鲁达：费德里科将与我携手，齐掷花镖，酬谢这场无以伦比的欢迎宴会。

洛尔卡：既是诗人雅集，按例要铺采摛文，白银也好，怪材也罢，总是以独有的方式，向同道和朋友致意。

聂鲁达：不过，我们要点名一位故人、一位离群索居的宾客。他隐匿在比一切死亡更加伟大的死亡。生命痛失了他，痛失了昔日耀眼的爱侣。我们要藏进

---

1 加西亚·洛尔卡 1933 年 11 月抵达布宜诺斯艾利斯，与聂鲁达初识，两人十分投契，遂有此作。值得注意的是，彼时的加西亚·洛尔卡已享有盛名，剧作在阿根廷巡回演出，而聂鲁达还是诗坛新秀。——原注。

他炽热的身影，我们要重复他的姓名，直到他的力量挣脱遗忘。

洛尔卡：在向多愁善感的阿马多·维拉尔[1]献上企鹅式的温柔拥抱之后，我们要把一个伟大的名字抛向桌面。小心酒杯碎裂、餐叉跳跃，要寻觅渴望的眼，小心海啸后的狼藉。我们要点名那位美洲与西班牙的诗人：鲁文——

聂鲁达：达里奥。如果要问为什么，女士们……

洛尔卡：先生们。

聂鲁达：布宜诺斯艾利斯的鲁文·达里奥广场在哪儿？

洛尔卡：鲁文·达里奥雕像在哪儿？

聂鲁达：他爱公园，鲁文·达里奥公园在哪儿？

洛尔卡：鲁文·达里奥玫瑰花店在哪儿？

聂鲁达：鲁文·达里奥苹果树和苹果在哪儿？

洛尔卡：鲁文·达里奥的断掌在哪儿？

聂鲁达：鲁文·达里奥的油彩、树脂、天鹅在哪儿？

洛尔卡：鲁文·达里奥长眠在他的祖国尼加拉瓜

1 阿马多·维拉尔（Amado Villar，1899—1954），阿根廷作家、出版人。

怪异的、替有钱人看家护院的大理石狮子下[1]。

聂鲁达：一尊病恹恹的、没有星光的狮子。要知道，他是雄狮的缔造者，为之缀满星光。

洛尔卡：仅需一个形容词，他传递丛林的密语，如同语言之师路易斯·德格拉纳达[2]修士，用柠檬，鹿蹄，盛满恐惧与无限的软体动物，创造星辰的符号。他把我们送向大海，乘着帆船和眼中少女的剪影，他在最苍茫的黄昏，铺就巨大的金酒大道，他直面晦暗的南风，挺起胸膛，像一个浪漫派。他怀着所有时代共有的、讥诮与悲伤的疑虑，把手置于科林斯石柱上。

聂鲁达：我们纪念他猩红的名字，纪念他本质的坐标、心头的苦痛和炽烈的失落。下至地狱的病院，上至著名的高堡，鲁文·达里奥是无可替代的伟大诗人，从过去直到永远。

洛尔卡：达里奥同样属于西班牙。他教导老一辈的大师与诗歌的稚子，他的胸襟与风范，正为今天的诗人所亟需。达里奥教导了巴列-因克兰和胡安·拉

---

1 鲁文·达里奥出生于尼加拉瓜的莱昂（意为狮子），墓前有一座大理石狮子雕像，狮子呈伤痛状，面貌悲苦。

2 路易斯·德格拉纳达（Fray Luis de Granada，1527—1591），神学家，诗人，西班牙文艺复兴时期的代表人物。

蒙·希梅内斯，教导了马查多兄弟，他的诗是水与硝肥，在古老语言的犁壑流淌。从罗德里戈·卡罗到阿尔根索拉兄弟和堂胡安·德阿尔吉霍[1]，西班牙文从未有过达里奥那般词藻的欢宴、韵律的碰撞和溢彩的形式。从委拉斯开兹[2]的风景到戈雅的篝火，从克维多的忧郁到马略卡农妇苹果般红润的脸庞，他行走在西班牙，如同漫步于自己的故乡。

聂鲁达：北方暖洋的潮涌把他带到智利，大海把他留下，留在犬牙交错的崎岖海岸上。海洋的浪沫与钟声拍打，瓦尔帕莱索的黑风为他灌满铿锵的盐沙。今晚，让我们用空气塑造他的雕像，穿梭烟雾、声音与境遇，正如他伟大的诗，穿透梦境与声响。

洛尔卡：不过，这座塑像要灌注珊瑚似的血液，要布满闪电似的神经，要安放弥诺陶洛斯的头颅，覆着蜂鸟飞颤绘就的贡戈拉的白雪。还要有他空而无

---

1 罗德里戈·卡罗（Rodrigo Caro，1573—1647）是西班牙巴洛克时期的学者、文学家。阿尔根索拉兄弟是指西班牙巴洛克时期的两位兄弟诗人卢佩西乌（Lupercio Leonardo de Argensola，1559—1613）和巴托洛梅（Bartolomé Leonardo de Argensola，1562—1631）。胡安·德阿尔吉霍（Juan de Arguijo，1567—1622）是西班牙巴洛克时期的诗人和文学批评家。

2 委拉斯开兹（Diego Rodríguez de Silva y Velázquez，1599—1660），西班牙巴洛克时期代表性画家。

神、好似百万富翁的眼睛，以及大大小小的毛病。被白苋侵蔓的书架、空洞的笛音、醉生梦死的酒瓶、可爱的糟糕品味、俗气却使诗句不失人性的赘语。规则、形式与流派之外的郊野，才是达里奥丰饶的诗园。

聂鲁达：费德里科·加西亚·洛尔卡，西班牙人；我，智利人。我们推卸这一晚的重任，邀请这个更加善歌的巨影，替我们向阿根廷致上别样的问候。

洛尔卡：巴勃罗·聂鲁达，智利人；我，西班牙人。我们有共同的语言和共同的鲁文·达里奥——尼加拉瓜、阿根廷、智利与西班牙的伟大诗人。

聂鲁达同洛尔卡：让我们为了纪念和崇敬举杯吧。

1933 年 11 月 20 日

诵于布宜诺斯艾利斯笔会举办的欢迎晚会

《太阳报》，马德里，1934 年 12 月 30 日

费德里科·加西亚·洛尔卡

在死难者的浩瀚密林之中，岂能擅选一个姓名！死于非命的安达卢西亚贫农、阿斯图里亚斯矿工、木匠、瓦工、城市雇工，千千万万遇害的妇女儿童，每一个燃烧的黑影都有权利诉说西班牙的灾厄苦痛，并在你们心头占据一个角落，只要你们的心尚未被邪恶腐蚀。记忆中的黑影有名有姓，似烈火忠贞的姓名，似盐与水纯净、平凡、古老、高贵的姓名。似盐似水，他们再次消融于大地，弥散在大地的无限里。因为，牺牲、痛苦、纯洁与力量前所未有地见于这场荡涤一切的斗争，惨淡的严冬里，原野、麦田与砾石争夺雪白与殷红。

是啊，寂然的姓名无数，怎能擅选其一。可是，我要向你们脱口而出的名字，那几个幽暗的音节，有生命的重量。如此沉重、如此意味深长，念诵他的名字，即是念诵捍卫高歌的万千烈士之名。因为，他是西班牙心灵铿锵的卫戍。

费德里科·加西亚·洛尔卡！可亲可爱如吉他琴；欢快忧郁、深沉澄明如孩童，如人民。假使有人煞费苦心，细细地搜寻一件牺牲品、一个象征，恐怕也找不出这样一个深切凝聚普罗意志的标的。刽子手何其精准，正中西班牙之心。选择费德里科，就是要让西班牙屈服、煎熬，耗竭她最迷人的馨香，扼止她最有力的呼吸，抹杀她最恒久的笑意。通过他的死，殊死斗争的两个西班牙就此呈现：一边是黑暗腐烂的西班牙，遍布恶魔的蹄印，地下的受诅咒的西班牙，封建与教会之罪行荼毒生灵；另一边是生机照人、精神勃发的西班牙，神思飞驰、富于延续与创造的西班牙，费德里科·加西亚·洛尔卡的西班牙。

他死了，像一朵献祭的百合、一把无主的吉他，掩埋在刽子手践踏的泥土下。然而，他的民族就像他不屈的诗，挺立且响亮，任凭鲜血的激流从灵魂迸发。他的诗，便以这样的姿态，永远留驻在人类的记忆中。

我不知道如何准确怀念他。生命炽烈的光华仅仅映照了一瞬那残损暗淡的脸庞。但就是这长长的一瞬，他释放太阳的光芒。贡戈拉和洛佩[1]以降，西班

1 洛佩·德·维加（Lope de Vega，1562—1635），剧作家、诗人，西班牙文学黄金时代的代表人物，一生创作极丰，在世即享有盛名，深受民间热爱，代表作有《羊泉村》。

牙没有过如此丰美的创造、如此灵动的形式与言语。自从西班牙乡间的百姓亲吻洛佩·德·维加的衣袖，西语文学世界再也没有哪一位诗人如此深入人民的心底。

他的一切作品，即便是因为文人的自我，始终割舍不下的神秘唯美主义作品，无不饱含透彻的直抵大众的回响。说到“唯美主义”，请不要误解：加西亚·洛尔卡是反唯美的，他把诗歌、戏剧浸透人间的矛盾和内心的挣扎，但并不因此放弃诗歌原初的隐秘。人民以极佳的直觉占领了他的诗，在安达卢西亚久久传唱，但他并不迎合以谋取声名，恰恰相反，他殷切地在自我内外寻觅。

加西亚·洛尔卡的反唯美，也许正是他在美洲深受欢迎的原因。阿尔贝蒂、阿莱克桑德雷、阿尔托拉吉雷、塞尔努达这一代杰出诗人之中，或许只有他，未被贡戈拉完全笼罩。贡戈拉的遗影封冻了 1927 年的潮流，最终在美学上束缚了西班牙伟大的新诗。正因如此，与西语古典之父远隔重洋的美洲，认可了这位趋向人民与鲜血的青年诗人。三年前，我在布宜诺斯艾利斯目睹了吾等民族的诗人能够企及的至高礼遇：无数群众怀着激动与热泪，观看那词藻丰腴、前所未见的悲剧。悠久的西班牙戏剧焕发重生的光芒，假面或赤裸的爱同死亡张扬狂舞。

这般回忆费德里科，远远摹绘一幅肖像，并非易事。他是一道闪电、是迅疾不息的能量，他是一抹欢欣、一束光辉，是出离尘世的温柔。他神奇、活泼、热情。

有一个有趣的巧合：西班牙最著名的两位青年诗人，阿尔贝蒂和加西亚·洛尔卡，有很多相似之处，包括彼此之间的龃龉。两个酒神式的安达卢西亚人，如歌如诗、生气勃勃，神秘不失通俗。他们同时向最深处开掘西班牙诗歌的根底——安达卢西亚和卡斯蒂利亚千百年的民间谣曲，凝练并超越语言原初的轻快与生机，步入富有戏剧性的民族丛林。其后，他们踏上异途。阿尔贝蒂全心投入受压迫者的事业，为高扬的革命信仰而生，加西亚·洛尔卡则把文学回返故土，回返格拉纳达，终于叶落归根，在故土离去。阿尔贝蒂和加西亚·洛尔卡之间没有真正的矛盾，他们是友好而出色的一对兄弟。犹记得阿尔贝蒂从俄罗斯和墨西哥回国的时候，在马德里的接风仪式上，正是费德里科代表众人，献上了令人难忘的欢迎词。短短几个月后，费德里科回到格拉纳达，死亡埋伏在宿命的道路上，就如人民之敌意欲置阿尔贝蒂于死地。怀念逝去的伟大诗人的同时，让我们想一想还活着的伟大战友——阿尔贝蒂与塞拉诺·普拉哈、米盖尔·埃尔南德斯、埃米利奥·普拉多斯、安东尼奥·阿帕里西奥等人此刻正在马德里，捍卫人民与诗歌的事业。

相比之下，费德里科对社会的关怀更贴近他身为摩里斯科[1]行吟诗人的行迹。茅屋剧团巡回西班牙各地，上演人们遗忘的经典戏剧：洛佩·德·鲁埃达、洛佩·德·维加、塞万提斯。古老的戏剧回到了素朴的怀抱，卡斯蒂利亚最偏远的角落也能见到“茅屋”。通过费德里科，安达卢西亚、阿斯图里亚斯、埃斯特雷马杜拉的百姓唤醒了心中沉眠的天才诗人，一幕幕戏剧令他们赞叹，却从不意外。古老的装束、旧时的言语并不唐突，要知道，许多农民从未见过汽车与留声机。在贫困异常的西班牙乡村——就连我，也亲眼见过农民住洞穴，吃野草和爬虫为生——神奇的诗的旋风掠过，把星星点点的反叛的文化火药掺在旧诗人的梦中，散播开去。

在垂死的乡间，费德里科总是目睹权势者支配下的深重苦难。他与农民一道忍受寒冬，在草原、在凋

---

1 泛指伊比利亚半岛的穆斯林，安达卢西亚文化的重要组成部分。

敝的山丘，悲凉的现实让南方的心灵疼痛颤抖。

还有一桩往事。几个月前，费德里科再次下乡，计划演出洛佩·德·维加的《佩里瓦涅斯》。他跑遍了埃斯特雷马杜拉，寻觅演出服：古老农家的箱柜里至今保存货真价实的十七世纪服饰。费德里科带着奇迹般的战利品凯旋，有蓝色织金的布料、鞋子、项链、几百年不见天日的古衣。他的魅力所向披靡。

在埃斯特雷马杜拉的一个晚上，他睡不着，天一亮就起了床。苍凉的乡间浓雾笼罩，他坐在几座倾颓的雕像旁，看太阳升起。雕像建造于十八世纪，那是一座封建庄园的入口，庄园如同许多贵族封地，已经完全荒废。费德里科看着残破的雕像在阳光下泛着苍白的光，一只迷路的羊羔来到他身旁，开始吃草。突然，五六只黑猪经过，扑上前来，短短几分钟，费德里科惊恐地看着羊羔被生生撕碎。他感到难以言喻的恐怖，怔然目睹黑猪在倒塌的雕像中，在那寂静的黎明，把猎物吃净。

回到马德里后，他向我说起这件事，声音仍然颤抖。死亡的悲剧深深纠缠着他孩童一般的敏感。如今，他的死，那决难忘却的可怕的死，令我想起那个血腥的黎明。也许，对于这位伟大的、温柔的、充满预知的诗人，生命提前用一个可怕的象征，昭示了他的结局。

以上便是这位先行一步的战友为我留下的回忆。许多人盼我作一些平和的诗，离土地与战争远一些；也有许多人，听到“西班牙”便悲从中来，悲中带着沉甸甸的希望。我不想徒增人们的悲伤，搅扰人们的希望。但是，作为地理上的美洲人，民族和语言上的西班牙人，刚刚离开西班牙土地的我，只要提笔，便撇不下她的苦难。我不是政客，从未介入政治争端；我的文字，尽管许多人希望它们居于中立，却总是浸染浓烈的情感。请理解我，理解西语美洲和西班牙的诗人；请不要忘记、不要原谅，他们杀害的是我们最伟大的同仁、我们语言的天使。也请谅解，我在无限苦难之中，仅仅提起一位诗人的生命与离别。我们永不能忘记那罪恶，永不能姑息。决不能忘记，决不能姑息。决不。

《西班牙时刻》第三期

瓦伦西亚，1937 年 3 月

雕塑家阿尔贝托[1]

犹如大地造山的努力，雄奇之外，仍须无数细节刻画。人类也是如此大费周章，才拥有了雕塑家阿尔贝托这座幽深巨大的雕像。多少年头，大地伸展茁壮幽邃的根系；多少烈火，淬炼他胜利的心魂；多少光影交替的季节，成就他凛然的伟大。原始本能渐渐升华，抵达不纯的本真的智慧。阿尔贝托即一棵树。

阿尔贝托是西班牙雕塑艺术最冒险的探索，是伊比利亚世界最迷狂的狄奥尼索斯式实验。正当老一代的风格化艺术家——仅就当得起“风格化”一词

---

1 阿尔贝托·桑切斯·佩雷斯（Alberto Sánchez Pérez，1895—1962），西班牙左翼雕塑家。他的作品《西班牙人民走在一条通往红星的大道上》（*El pueblo español tiene un camino que conduce a una estrella*）如今矗立在马德里的国立索菲娅王后艺术中心博物馆的正门。1937 至 1938 年，共和政府在战火中把数万名少年儿童通过各种方式送到苏联，使他们免受内战摧残。桑切斯被派往苏联，教授孩子们绘画，1962 年在莫斯科去世。

的艺术家而言——紧抓玫瑰不放，用无穷的陈词滥调杀死她，阿尔贝托纯熟的新力，用头颅和重锤猛击未知，在天上地下开辟深痕巨轨，留下清晰的血的足迹。这条新路，我相信，将由今日和明日一代又一代的雕塑家不间断地走下去。它不容温情脉脉，没有自满自矜，只有有机的压力、不懈的斗争和惨烈的牺牲。那是招致不满、令人惊惧的雄奇世界，老气横秋的糖果诗人、狭隘的卫道士、把艺术当作商品和食物的官僚"艺术家"，他们唯恐避之不及。因为，那震撼的构造、变形的地质、刺眼的呈现、托莱多式的布局、无数岩石与魂灵，势必令锢于死亡的人惊心。

愈发高涨的性冲动与阿尔贝托同行，留下斑驳和野蛮的疮痍。海洋和陆地的形式冲击他新奇的创造，犹如冲击原初的坯泥，为之灌注河流赤裸和质朴的生气，以及破碎的水晶、潮湿的虫蛹和无名文化的抽泣。

不过，倘若海底与大地争夺阿尔贝托，得胜者将是大地。大地凭借不可把握的空间、雷火灼烧的地表、日月和严寒洗礼的地域，凭借树木、葡萄园、鸟群、牛群、闪电和黎明烙印了阿尔贝托的作品。磐石一般的男性面孔，有风化的皱褶。他是地球的造物。

地球贯穿他的作品，把大地伟力的构造和震动永远留下。

《美洲文库》(*Repertorio Americano*) 第 769 期

哥斯达黎加，圣何塞，1936 年 9 月 5 日

塞萨尔·巴列霍[1]走了

欧洲春天又至，这个春天的土地多了一位难忘的故人：我们崇敬的、亲爱的塞萨尔·巴列霍。在巴黎，他敞着窗，思虑重重的秘鲁磐岩般的头颅接收着法国、西班牙和世界的声讯……资深的希望战士、我可爱的老友啊。我们能办到吗？要怎么做，才能配得上你默然恒久的作品，才能配得上你内蕴的本质生长？我的兄弟，最后的日子里，你的身体、你的灵魂渴求美洲，你却被西班牙的战火滞留在巴黎。你是美洲——用你们的话说，印第安美洲——的幽灵，苦难美洲的幽灵，在自由与受难中成形的幽灵。你有几分像矿井，像月球表面的坑洞，似大地般深厚。

“他向众多的饥饿致意。”胡安·拉莱亚信中说

1 塞萨尔·巴列霍（César Vallejo，1892—1938），秘鲁左翼诗人，拉丁美洲现代主义诗歌的代表人物，主要作品有《黑色骑手》《特里尔塞》等。西班牙内战爆发后，巴列霍与聂鲁达一同在巴黎创办刊物，声援反法西斯事业，1938年病逝于巴黎。

道。“众多的饥饿”，难以置信……那众多的饥饿、众多的孤独、众多的行旅，是人，是大地之上的不公，是半个人类的懦弱。西班牙的故事啮噬着你的心，而你的心，本就饱受自我精神的折磨，因苦行赤裸、伤痛。西班牙的故事日复一日钻痛你高尚的德行。你是伟大的，巴列霍。你内在而伟大，像一座巨大的地下石宫，保有岩石的沉默，时间和物种的本质。在那深处，是不熄的精神之火、炭薪与余烬……别了，伟大的诗人。别了，兄弟。

《智利的曙光》第 1 期

圣地亚哥，1938 年 8 月

安东尼奥·马查多[1]之死

世界撕裂的黄昏响起血的钟声，黑夜降临西班牙。此时此刻，暗影在蔓延，深入岩石的孔隙。每一块石头、每一片树叶、每一个屋顶，无不渗透血与夜的泪滴。汇流的鲜血与暗影掩埋了地上的生灵，掩埋了人类的心。沿着大道，黑夜降临。骑兵浩浩荡荡，行进在尘埃漫天的古道，停驻在每一扇颤抖的门前。刽子手架起枪，对准胡安，对准佩德罗，他们就像你我，就像你我的父亲。他们是铁匠、农民、教师，是西班牙。狂热的枪焰、痛苦的喊叫。

沿着血污的道路，黑夜降临。我看见农民夫妇躲

---

1 安东尼奥·马查多（Antonio Machado，1875—1939），西班牙诗人、剧作家，“九八一代”代表人物，作品有《孤独、长廊及其他诗篇》《卡斯蒂利亚的田野》等。西班牙内战爆发后，马查多积极参加左翼文化活动，出版刊物，以《诗人和人民》为题，在第二届国际作家保卫文化大会发表演说。1939 年 2 月，弗朗哥军逼近巴塞罗那，马查多随难民流亡法国，因时值寒冬，旅途极为艰困，逝世于法西边境小城科利尤尔。

在岩石丛中，我看见焦急的眼睛注视着航船不至的大海，我看见作家同志用断裂的指甲抓挠大地，心中再也容纳不下痛苦，我看见骄傲的西班牙民族奔跑在小径，跌落山岩，独自面对屠夫，面对人类的渣滓。困苦的队伍中，饥饿的儿童和伤痕累累的母亲之中，一位热烈忧郁的骑士迎着死亡，如橡木，如白雪覆盖的磐石。西班牙深境的英雄，他成了一阵战栗、一道血红的刀痕、人类前额的一粒种子。

“你是谁？”我问。纯然的黑影回答：“我是我留下的东西，我是风车与皓月的村镇。我是高原上的冷日，是叩响人民门扉的神秘石手。我是被逐出家园的安东尼奥·马查多，我是被逐出西班牙的西班牙。”

求智的险峻、升华的激情、熠然生辉的纯熟，安东尼奥·马查多把一切留给了人民，把全部的智慧、关怀、沉默和高贵投入熊熊烈火。他回过头，只见人民饱受迫害、摧残、凌虐、欺侮、背叛、践踏，只见虎狼横行、血影颤抖、故国凋敝。安东尼奥·马查多闭上眼。他走了，他用一双紧闭的眼守望西班牙。这是爱西班牙的人们守望她的方式：我们闭着眼睛，不忍看恶人的匕首刺穿义人的胸膛。

如果马查多还在，我会告诉他：“请到这儿来，先生，让我用他乡的草叶将您安顿，让我用异域的岩石为您生火。”我会说：“您看，先生，看那边境之南，看那大洋彼岸。看那陌生的群星闪烁之地，点点星辰，正是西班牙之手撒向天穹。那就是美洲，岛屿与海洋那头，就是美洲——西班牙的美洲、自由的美洲、流淌西班牙语的音节和血脉的美洲、盛产水果肉类的美洲。亚美利加不懂冷酷欧洲的心。”我会说：“亚美利加不懂得背叛，不会把苦难的母亲拒之门外。”

我终究无法向马查多诉说。我将动身前往法国，接收西班牙难民。智利将为他们提供庇护，因为我们的祖国由人民做主，人民下令我们必须伸出援手。马查多再也听不到我的话，但是，我会把这番话告诉加利西亚的渔民、卡斯蒂利亚的农民、阿斯图里亚斯的矿工，告诉巴斯克、加泰罗尼亚和安达卢西亚的无数劳动者。马查多终会听见，他已步入历史。历史聆听记录伟大与渺小、高尚与卑污，以备来日之审判。

正义得以伸张之时，泼撒在我们身上的污泥滚落，最后的谎言尽碎。我们翘首以待的正义黎明一旦降临，人类和平的岩门基柱必将镌刻灼热的名字：西班牙人民。其中，宛如不起眼却健壮的蜜蜂，是安东尼奥·马查多的小小名字，是费德里科·加西亚·洛尔卡的小小名字。置于普遍正义的裁判庭，他们不过是普通的罹难者；作为民族之根，他们却如此伟岸、崇高、响亮。

各位或许认为，夜莺的歌声已破碎，残忍血腥的长夜已到来。事实诚然如此。你们或许断定，昏昧与鲜血将爬上麦芒、侵入玫瑰。诚然如此。你们或许想到，西班牙的叛匪高行举臂礼[1]，露出被兄弟姊妹的鲜血染红的手。诚然如此。可是，我痛苦不堪的同志们、战友们：要知道大海更加深幽、苦涩、狂怒，却挡不住投向彼岸的目光；要知道沙漠、距离和时间，终究被希望贯穿；要知道岩石瓦解于意志，狼群离散于荒原，欢欣和正义终将从西班牙肃然的城门重返。

《智利的曙光》第 10 期

圣地亚哥，1939 年 5 月 6 日

在马查多纪念活动上的讲话

布宜诺斯艾利斯，1939 年 3 月

1 法西斯军礼。

“请把我还给我的人民！”

——《何时智利》，1952

祖国之敌，滚出智利！

亲爱的同志们，西班牙的战争爆发时，我就在马德里。那一晚的景象，我至今记忆犹新。

我们一行四人前往观看戏剧表演。突然，出租车里传来步枪和手枪的响声。就这样，世界的内战在我心中爆发，几支工人阶级的武器打断了夜晚的欢聚。几把荷枪实弹的武器，马德里的一夜，教给我进步书籍上没有的东西：原来，无产者配得上枪支火炮，可以团结盟友，捍卫民主、和平与孩子的面包。一旦民主、和平和面包遭到践踏，他们凭着久经风雨与战火的雄狮之心，可以走上街头。

之后几个月，我追随光荣的人民军队。在她光荣的诞生地，我见到了赤翼高扬如雄鹰，也见到了大大小小无数英雄。我要告诉诸位——这番话自我之口入诸君之耳，我相信，你们是为了祖国神圣的人民而倾听——我曾以智利领事的身份，与马德里的工人生死并肩。因为我的职责是代表智利，不是为了沾染血污的钱币而出卖智利。

当然，我决不代表腐朽的煽动分子，也不代表自诩秩序维护者的党徒，他们的前额应有强盗的标记。在马德里，在那炽热的、浓烟滚滚的、苦痛的世界之心，我代表的，是反对势力摧残的、无良资本家剥削的智利劳工与知识分子。施暴者不是祖国的子民，正如佛朗哥之流的叛徒、与意德勾结戕害国家的走狗，不是西班牙的子民。祖国即是我们——为自由传统而战斗的人。自由、自私自利的阶级玷污了她，席卷世界的暴政威胁着她。祖国即是我们，在座的智利人，千万不要松开我们热爱的旗帜，她是广大劳工用子弹贯穿的双手与心脏夺取来的，是满怀崇敬与胜利升起来的。智利的旗帜飘扬在祖国的上空，爱自由的先人热爱这面旗帜，同我们一样；我们也将捍卫这面旗帜，同他们一样。

掠夺我们的矿藏，剥削、贩卖我们的土地，蚕食丰饶之地的腑脏，任由智利人忍饥挨饿，以致凋零，这些人配称智利的子民吗？他们与受诅咒的佛朗哥、拉迪斯劳·埃拉苏里斯父子、罗斯家族、菲德尔·埃斯泰伊家族[1]是一丘之貉。如果屠杀智利人能使皮夹增厚，他们明天就会毫不犹豫，把我们送到查

1 均指当时把持智利政治和经济命脉的门阀集团。

科印第安人的屠刀下，哪管钞票沾满血污。

今天是五月一日，是劳工的节日。但是别忘了，九月十八日同样是劳工的节日[1]。但愿下一个九月十八日，形势更明朗，胜利的曙光更近。遥想百余年前的九月十八日，一支“人民阵线”[2]为我们赢得了独立。今天，智利人需要的不是别的，正是民族之自立。

我回国意在发起一场运动，团结为人民服务、战斗、牺牲、生存的知识分子、作家、专业人士和艺术家。我可以自豪地说，我成功了。你们应当知道我们的名字：智利知识分子保卫文化联盟。文化正如人民，受到法西斯主义和罗斯主义反动势力的威胁。书籍、教育、绘画和劳工的生命一样岌岌可危，我曾在史前洞穴一般的法西斯欧洲亲眼见证。

我曾见证蛮族焚毁书籍、诗人面壁就戮、画作化为齑粉。生命价值沦丧，不论儿童、妇女或男人。灾祸吞噬了生命，把一切存在化作烟尘滚滚的苦痛和支离破碎的废墟。危机当前，我对自己说：“我的位置不在欧

---

1 9月18日是智利国庆日，也称独立日。1810年9月18日，智利自治政府宣布脱离西班牙统治，这一天标志着智利独立运动的开始。

2 此处以1938年赢得大选的左翼政党联盟“人民阵线”代指智利独立运动的武装力量。

罗巴，我的位置在智利，但我的心，仍与西班牙人民紧紧相依。”我的位置在智利同胞之中，在我的血脉之中。所以，同志们，我要让生命的每一分每一秒警醒，发出热情、急切、炽烈的呼喊：捍卫我们的自由！哪怕献出生命。不要让后人说，法西斯曾经践踏智利的土地。当那一天来临，就让我们浑身冰冷牺牲在沟渠。

但是，牺牲的时刻来临之前，须牢记我们严肃、纪律、团结的口号。警惕我们的敌人，此时此刻，他们不仅在圣地亚哥的贵族俱乐部聚会，甚至明目张胆地在特木科德国俱乐部庆祝德国日[1]。好一个德国日！犹如报丧鸟的邪恶的刽子手，把成吨的炸药倾泻在西班牙的妇女儿童身上；忘恩负义的殖民者，藐视我们的人民，在这全世界无产阶级的神圣节日，举着鲜血的酒杯相庆。也许明天，就要用我们的血斟满酒杯。

智利的敌人们，滚出去！杀人狂希特勒的特务走狗滚出去！关闭边境地区和南方的纳粹学校！这必须成为我们的口号。我们欢迎尊重智利主权的外国人，我们要保证母国、母语居于所有学校的心脏。倘若我

1 19 世纪中叶，智利颁布《优选移民法》，德国移民开始在智利南方定居，到了 1930 年代，智利的德侨群体已颇具规模。另外，1933 年，纳粹德国废除五一国际劳动节，将其改为“国家劳动日”，作为纳粹意识形态的宣传日。

们的政府，或懦弱或愚蠢至极，甚至沦为帮凶同谋，对南方纳粹恶犬之害视而不见，特木科的人民必将行动。因为除了人民别无祖国，背叛、忘却、出卖乃至收买人民，就是叛国。

特木科这座城市，必须成为反纳粹、反德国运动的中心。我们反德，不针对和平的德国人，他们没有帝国主义的、政治的野心。我们反对的，是有人利用统治阶级的腐败无能，霸占我们的土地，甚至厚颜无耻地在我们面前挥舞血腥的万字旗[1]。

关于肆意欺瞒、见利忘义的又一新证，让我们看一眼今天的特木科报纸：为了庆祝德国人民的“节日”——所谓“节日”不过是当权者的吠叫，他们以此钳住德国人民之口，不容许他们谈论、纪念全世界自由人民的共同节日——为了歌颂德国势力渗透智利领土、歌颂当地德国学校教育儿童蔑视智利，《南方日报》刊登了整整两版纳粹宣传页。我控诉，《南方日报》的经营者是祖国的叛徒。

滑稽的是，也许由于疏忽，同一份报纸泄露了更多信息：一张巴塞罗那遭到轰炸的照片见诸头版，揭露了宣传掩盖的真相。伤痛的废墟、德国机枪扫射的

---

1 纳粹旗。

尸身，这就是这份卖国报纸试图用两版谎言与背叛掩藏的事实。

在此，我还要恳请诸位慷慨解囊，帮助我们发起一场民族性高扬的人民运动。二十分亦可，请把它存进智利的旗帜，让我们共同驱逐侵略者。我们需要传单、册子、海报，更需要每一位的助力。

这便是我的宣言。来此之前，家父病重，几乎不省人事，但我没有犹豫。父亲是人民阵线坚定的支持者，而我，特木科的浪子，正是在传达他的声音。向着同一双耳朵、同一颗心灵，我要喊出“热情之花”[1]用鲜血和月桂写下的话：

宁可站着死，决不跪着生。

巴勃罗·聂鲁达（内夫塔利·雷耶斯）

《激进之声》（*La voz radical*）

特木科，1938 年 7 月 2 日

1938 年 5 月 1 日在特木科人民之家的演讲

---

1 指西班牙共产党领导人多洛雷斯·伊巴露丽（Dolores Ibárruri，1895—1989），以内战期间慷慨激昂的演说闻名。

堂佩德罗

这场政治斗争的双方[1]与以往截然不同。“罗斯”之舶来，“阿吉雷”之本土，姓氏的分野不是简单的语言差异。“阿吉雷”“堂佩德罗”，病笃的智利一声声地呼唤，作最后的期盼。罗斯是一张办公桌，光洁、新奇、洋派，就像无能的董事会和贪婪的利益。办公桌不断传出财务崩溃、自杀和逃往欧洲的新闻。阿吉雷、堂佩德罗，则是智利乡村学校简陋的土桌、彻夜通明的书桌、沉思钻研的课桌。智利的寡头集团联合俱乐部，把希望寄托于逍遥法外的外国人和亡命的生意人，他们寻觅的，是一张有毒的药方。智利选

1 指智利 1938 年大选的两位主要候选人：右翼候选人、金融大亨古斯塔夫·罗斯（Gustavo Ross，1879—1961）和左翼的激进党人佩德罗·阿吉雷·塞尔达（Pedro Aguirre Cerda，1879—1941）。下文的“堂卡洛斯”和“堂阿图罗”分别指独裁者卡洛斯·伊瓦涅斯和时任总统阿图罗·亚历山德里。——原注，有改动。

中的，却是她最典型的代表——一位皮肤黝黑的中产阶级教师、一个严谨纯粹的人、一个地道的智利人。

听一听人民如何呼唤堂佩德罗吧！这一尊称不是随口说说，没有堂古斯塔夫，没有堂罗斯，也没有堂卡洛斯，更没有堂阿图罗！人民口中神圣的呼喊，没有比堂佩德罗更合适的“堂”[1]。我的口中同样没有。

堂佩德罗在场，堂佩德罗发言，堂佩德罗行走在全智利，他在想、在行动、在说话、在感受、在察看。要解决弊病，只有一个良方，那就是中产阶级和人民的完全胜利、孤绝腐朽的寡头政治的彻底失败。堂佩德罗是南国优良的乔木，坚韧、沉默，供人建造民族与家庭的居所。终于，内外势力千方百计阻拦的良材抵达；终于，我们能以阿吉雷坚韧少言的良材，重建我们的家园。

《智利的曙光》(*Aurora de Chile*) 第 5 期

圣地亚哥，1938 年 10 月 12 日

1 西班牙语中对男子的敬称。

教育是吾辈的史诗

长久地行走世间，大地的钟声愈发坚决。草叶、裸石和言语的辽远钟声召唤茫然的我们。当我在战场的火光、都市的烟霾与甜蜜之间听到故国的沉默，我渴望辨别她或分明、或隐秘的面庞。我开始观察智利的植物与飞禽，痴迷冰雪的雕塑，潜入硝石与硫黄之河的幽暗潭底。我把视线深埋进贡戈拉·马尔莫莱霍[1]、佩德罗·德奥尼亚[2]和皮涅达·伊巴斯库尼安[3]留

1 贡戈拉·马尔莫莱霍（Alonso de Góngora Marmolejo，1523—1576），西班牙裔智利历史学家，他的《智利征服史》（*Historia de todas las cosas que han acaecido en el Reino de Chile y de los que lo han gobernado*）记录了西班牙殖民者发现、征服智利的历史。

2 佩德罗·德奥尼亚（Pedro de Oña，1570—1643），西班牙裔智利诗人，著有史诗《阿劳科的驯服》（*Arauco domado*）。

3 皮涅达·伊巴斯库尼安（Francisco Núñez de Pineda y Bascuñán，1607—1682），西班牙裔智利军人，与原住民马普切人作战时被俘，他写下的《受俘记》（*Cautiverio feliz y razón individual de las guerras dilatadas del Reino de Chile*）是研究马普切文化风俗的重要历史文献。

下的一个又一个火药、火器与奇观。于是，故土的沉默，那土地的旗帜与钟声，不再只是广袤森林与海洋的、似幽灵与我随行的沉默，而像一只粗糙的大手。这只手牢牢握住苦恼诗人的小手，把我猛力抛向故土，让我用热忱与温柔，跪地抚平她痛苦的孤寂。

斗争的一年里，我无暇细察我的诗篇所崇敬的——群星，草木，谷物，智利河流与小路的石子；无暇继续我迫切的探索，爱抚钟乳石和冰雪，使土地与海洋呈现神秘的本质。不过，我已沿另一条道路前进。触及人民赤裸的心灵，我骄傲地发现，人民的心拥有比春天更加强健，比燕麦、比水更加丰饶洪亮的奥秘，那就是——真理。卑微无助的人民从坚硬的地底开采，胜利地高举，让全世界的人们注视、尊敬、效法。

我还在别的土地，找到了名为“手足情谊”的坚柔之石，便以它为基石捍卫我们的文化。在我们内部，如果有人追求特殊地位和自我表现，他不得不有所顾忌，因为我们明白，我们眼下担负着比任何个体更伟大、更纯净、更广大的使命。我们把自尊自傲，连同紧握的拳头，面向敌人，面向破坏团结和希望的人。倘若有人研究社会斗争之人性化，我们的处境是典型的样本，同样危险的两方面势力向我们施加同样猛烈的攻击。一边，极端右翼煽动可怕的无知之辈，抬举野蛮暴力的候选人；另一边，任性妄为、自行其是、个人主义的家伙，站在所谓的左翼立场，替暗中窥伺的敌人制造分裂和内斗。我们的旗帜与孤星接纳了他们，高扬在他们的头顶，对他们说："人民已为你们指引了一条成伟业、御强敌的团结之路，你们却在暗处磨刀，对付姊妹兄弟。勿以教育人民为能事，你们要学习人民高贵的坚贞。"

今年，巴黎举办了世界作家大会，美国伟大的小说家西奥多·德莱塞主持，阿拉贡在世界知识分子年度报告中说："如果我们有一间荣誉廊，位列首位的，应当是智利知识分子联盟。"在巴黎，数百名杰出人士参与的庄严会议上，我们保卫文化的努力得到了全世界的肯定。

一种新知、一种新的联系，如同颤动的智慧纽带，环绕世界。我们的行动沟通了我们的母国和遥远的异国。我们以伟大行动凝聚起智利的心脏，她的跳动不仅牵动世人情感的皮层，更抵达终点，以我们的热爱，筑起了抵御邪恶的高墙。智利之心无远弗届，跨越重洋。作为知识分子，我们以绝对的自觉确证自己的命运：我们要做时代热切的见证者。见证与警醒，乃是跨越国界的义不容辞的责任。重任在肩的知识分子不以疆域为限，形形色色的边界变动、消亡，我们的证言不改。因为，书写证言的不是泡沫，是殉道的人性之血。

此时此刻，我们要向智利境内的联盟分会致敬，向康塞普西翁、瓦尔帕莱索、利纳雷斯，尤其是圣费利佩的杰出团队致意。特别值得一提的是，在世界最南端的麦哲伦地区，一群智利知识分子成立联盟，以人民阵线的胜利向世人证明，不论何地，不论是沙漠边缘或世界尽头的孤海，风暴与冰雪的寂寞之中，奋斗之决心如星火不熄，我们要为国家赢得力量、尊严与和平。

说到这里，我们必须记住，西班牙给予我们的，比我们回报的更多。不屈的伟大族裔向我们昭示，人的权利不可剥夺。我们带回了西班牙的痛苦，并将它播撒，我们时时刻刻地呐喊，为西班牙伟大的悲剧求援。仅仅“西班牙”一词，这片零落的花瓣、纯洁的词语，便大大帮助了我们刚刚落幕的争取独立的斗争。这份助力，远胜于败选者获得的黄金。是时候说这话了：人民的洪流把我们可敬的堂佩德罗·阿吉雷·塞尔达送上了总统之位，其中少不了西班牙的功劳。西班牙于全世界如此，我们希望并且理应以同样的慷慨报偿。是他们用无数的词语与全部的热血坚守着文明。

尽管守望着那遥远国度的精神，知识分子联盟从未远离祖国。智利之星嵌入一本书，构成我们的盟徽。我们在向弗洛伊德致敬的同时，也向卡米洛·恩里克斯[1]致敬。我们再现人民英雄的伟岸形象，唤起马努埃尔·罗德里格斯、拉斯塔里亚、毕尔巴鄂、排字工莫利纳雷、马努埃尔·德萨拉斯、胡安·埃加尼亚、卡洛斯·佩索阿·维利兹[2]等等先人的精神。总统大选之前，我们已经奔向没有枪炮的战场。《智利的曙光》复刊，把我们对土地的热爱、对自由的希望向全国播撒。我们正在经历一场新的黎明。直面战斗的时刻已经来临，我们再次团结起来，托举人民的胜利。为此，我们别无他途，只有把大众教育办成一部

---

1 卡米洛·恩里克斯（Camilo Henríquez，1769—1825），独立运动先驱、“智利新闻之父”，创办了智利第一份本土报纸《智利的曙光》，知识分子联盟创办的刊物延续其名，故而下文说“复刊”。

2 均为智利独立运动和民主进程的先贤。马努埃尔·罗德里格斯（Manuel Rodríguez，1785—1818）是游击运动领导人；拉斯塔里亚（José Victorino Lastarria，1817—1888）是作家、外交官；毕尔巴鄂（Francisco Bilbao，1823—1865）是作家、哲学家；排字工莫利纳雷（Antonio José de Irisarri，1786—1868）与卡米洛·恩里克斯同为民族报业先驱；马努埃尔·德萨拉斯（Manuel de Salas，1754—1841）是独立运动领袖、教育家；胡安·埃加尼亚（Juan Egaña，1769—1836）是政治家、国会首任议长；卡洛斯·佩索阿·维利兹（Carlos Pezoa Véliz，1879—1908）是诗人。

真正的史诗。我们的总统对这一问题有过崇高而虔诚的表述：“希望全智利成为一座大学校。”是啊，这是我们的希望、我们投身的事业。学校要走出围墙，走向农村；作家、画家和音乐家要和小学老师一起，组成文化的传播团，向那偏远不通铁路的地方，向封建的中心，向矿区、沿海，把电影、音乐、书籍和戏剧播撒。这就足够了：人民一旦识字，自由就将到达。我们知道，国家的印刷厂、广播电台和所有宣传力量都掌握在有力的巨手里，它们再也不能服务于谩骂、无知和作伪的反动。但这还不够，宣传必须深入人民的历史与现实，以便捷、经济的手段，把埃尔西亚、佩德罗·德奥尼亚、神父奥瓦耶、迭戈·罗萨雷斯、教士莫利纳、诗人皮涅达·伊巴斯库尼安等等奠定民族特质的先贤，向人民推广。我们希望，卡米洛·恩里克斯、埃加尼亚、马努埃尔·德萨拉斯和所有智利民主的英雄、共和国文化的推动者，为每一个人智利人所知晓；希望佩索阿·维利兹、巴尔多梅洛·里约和所有引导我们走向人民的老艺术家，以及年轻的当代艺术家，走进智利每一个孤独儿女的心扉。

民主之巩固，在于教育被忽视的人民、保护被忽视的人民。这项事业需要巨大的奉献，任何政府都难以独自承担，必当由全体智利人民扛起。智利知识分子联盟委托作家、音乐家和雕塑家组成的专业委员会起草了一套完整方案，下周将向阿吉雷·塞尔达总统呈报。

竞选活动开始前几个月，我们便打响了反舞弊的战争。我们制作了第一批涂胶封签和摄像设备，揭露行贿者和受贿者的丑恶嘴脸。不过，先生们，这场战争没有结束。民族之耻必须彻底铲除，行贿罪必须延长刑期，并剥夺全部公民权。新政府应以武装和社会力量为后盾，坚决杜绝买卖选票。这道理不言自明。

知识分子联盟不预设政治立场，奉行不同信仰的人们在这里共同奋斗。面对迫近全人类的威胁，我们以道德和预见的力量，发出尖锐的警报。三个国家撕毁了人性的契约，不遗余力地制造前所未见的苦难、血泪与死亡。悲剧当前，我们团结起来，无惧邪佞，为挚爱的祖国建造一堵抵御灾祸的屏障。我们率先大声疾呼，提出了一个尚未实现的口号：**所有由德国纳粹分子扶植、政府默许、带有政治目的的卖国学校，必须予以关闭**。行动起来的不只是我们。我们的加布里埃拉·米斯特拉尔领导的杰出队伍，也公开声援："卖国学校必须关闭。"我们向现政府强烈请愿，他们却对我们置之不理。在这些学校，出生在智利的德裔儿童，被教导蔑视智利，尊奉所谓的"大日耳曼"。统治第三帝国的魔鬼的肖像，阴森可怖地张贴在每一所学校门口。智利接纳了这些忘恩负义的移民，共和国总统的肖像却不见踪影。但话说回来，一个政治上无能、道德上无义的统治者，连国家主权尚且无法伸张，又有什么资格立像？

此外，联盟领导层还考虑到了另一项工作，需要尽早公布。罗斯先生策动军队的残暴企图已经暴露，被军方拒绝。这不仅增进了军队的声誉，也增添了祖国的光荣。不，他们不能挑起内战，不能遣使无良记者给我们扣上“赤色分子”的帽子，诬陷我们犯下可怕的罪行，再雇几个精神变态的评论家拨弄是非——这便是西班牙曾经发生的事。现在，灭绝人民者走上了另一条道路：金融战争、经济封锁，向老百姓的温饱下手。指挥坐阵的，是一个投机家和诈骗犯头目。面对这场战争，面对即将到来的、程度难料的经济危机，面对饥饿的威胁，我们不得不提醒大众：不要抱有过于乐观的预期。知识分子必须再次走上街头，为了捍卫赢得的自由，呼吁必要的牺牲。饥饿打不垮我们，智利一定能挺住。智利紧紧闭着饥馁的嘴，拒绝了敌人十月二十五日递来的面包[1]，她决不屈服。与

1 1938 年 10 月 25 日是总统选举的第二轮投票日，阿吉雷·塞尔达最终以微弱优势战胜罗斯，成为智利历史上第一位左翼民选总统。

此同时，我们必须把炮制苦难的卖国贼一个一个地揪出来。

迄今为止，反对法西斯、宣传民主迫在眉睫，联盟不得不搁置了许多文化创作与普及的工作。我们是快慰而兴奋，满怀真诚的，我们明白，保卫民主是当务之急，事关人民的健全。我们认同卡米洛·恩里克斯的观点：人民之健全乃是至高的法。最近几期的《智利的曙光》基本成为了纯粹的选举宣传单，在民主斗争一线和选战中心，发出来自文化界的声音。现在，我们认为，纯粹的鼓动性工作、宣传的任务固然应当坚持，但不应仅仅依靠鼓动和宣传本身，而应该立足于文化创作与传播。在这方面，西班牙同志为我们提供了一个无可替代的范例：反法西斯战争初期，他们致力于普及枪械，而当人民能够自行掌握这项技能，并且拥有了强大的军事学校以后，他们便转而启迪人民西班牙诗歌与哲学的心灵，重拾荒废近百年的事业。这一切，甚至与残酷的战争同步。

一年结束了，我们的事业方兴未艾。继续加油吧，亲爱的同志们。一直以来，你们把无限的信任交付到我的手上。曾记得，昨日的这双手仅能编织自己的幻梦。全体同仁，特别是我们的副主席罗贝托·阿杜纳特、阿尔贝托·罗梅洛、阿曼多·卡瓦哈尔、勒内·梅萨·C，我们的书记赫拉多·色格尔，还有在马德里的胡文西奥·巴列，在巴塞罗那的洛伦索·多明戈斯，在巴黎的、可爱的玛利亚·瓦伦西亚，你们以充分的责任心和非凡的勇气，履行着艰苦的工作。一年的文化守卫战，我们仅有一人离队。医生、建筑师、音乐家、雕塑家、诗人、小说家、记者、校对员，你们以臂膀和生命做出了回应。我相信，明天你们依然会如此。最近，我们启用了新的办公室，我要自豪地告诉大家一件事。我们去旧家具店，给小办公室添置用具的时候，发现没有带钱。收银员说不能配送，我们又很着急。这时候，店里一个肩扛大桌的搬运工对营业员大喊："给知识分子联盟的，我担保。"后来，也是这位搬运工，把家具搬上了我们位于四楼的办公室，我们想付搬运费，他却说："不用了，就算我的一点心意。"事情发生在三天前，就在这条街上，距离名流权贵的宅邸只有一步之遥，而他们，还在轻蔑、侮辱高尚的老百姓。一年前，我对你们说："人民站在我们这边，我们也应当与人民站在一边。"今天，我们仅仅迈出了斗争的第一步，人民便向我们报以与生俱来的淳朴率真，用沙砾与热血的强健心灵告诉我们，我们没有迷路。

今天，在这个智利人民的黎明与阳春，我们脑力工作者齐聚一堂，收获一年的回忆，结束一年的劳作。脚下是光复的土地，头顶是热烈的先贤——卡米洛·恩里克斯、戈梅斯·罗哈斯、加西亚·洛尔卡、艾米利亚诺·巴拉尔、马克西姆·高尔基和亨利·巴比塞的身影永远地汇入了岁月的长河——我们宣誓，我们将继续战斗，为了人的权利，为了精神的尊严划破法西斯的黑夜，为了驱散封冻大地的、冰与血的严冬，为了我们期盼已久的、焕然一新的春天。全世界的明媚春天。

《智利的曙光》第 6 期

圣地亚哥，1938 年 12 月 3 日

在美国笔会的发言

我这一生东飘西荡，免不了参加稀奇古怪的会议。但是，几天前的一场大会堪称匪夷所思。我和几位同胞参会，在我们面前，金融、银行和采矿业的巨子们围坐，他们是各国代表，敝国似乎欠了一大笔债。

智利代表只有我们几个，而我们高高在上的债权人，各大国的代表，足有五六十人。我们要重新谈判公共债务，处理智利半个世纪以来，几任政府累积的外债。这半个世纪，人类登月，发明了青霉素与电视，炮制出凝固汽油弹，用净化之火把地球的部分居民化成了灰烬；五十年来，北美作家笔会矢志不渝地增进理解、弘扬理性。然而，一场冷酷的会谈告诉我，备用贷款[1]成了威胁智利的现代枷锁。知识界交

1 指国际货币基金组织为经济困难的会员国提供的贷款安排，借款国需制定经济改革方案，接受其监督。

往了半个世纪，穷国和富国，施舍残羹的国家和饱暖堪忧的国家之间，痛苦与尊严、正义与生存权仍然交织难解。

面对美国和欧洲旧世界的作家，我也想以某种方式增进我们的理解。我们不妨审视彼此之间的旧债，不妨就世界各地的作家所负担的内部债权，做持久的商榷。我们受惠于各自的知识传统，也受惠于世界文学的库藏。作为南美大陆作家，尽管语言不通，我们的成长伴随着对美国文学及整个北美文学迅速壮大的认知与惊羡。尤其令人瞩目的，是北美小说的兴起。自德莱塞[1]以降，北美小说焕发出新奇、震撼、建设性的力量，要论蓬勃兴旺的程度，除了北美自己的戏剧，当代罕有其匹。我们熟知你们当中的每一位，你们的名字难以历数，正如你们的高大难以窥测，幽邃难以量度。你们书中或苦涩、或残忍的幻灭感，是高尚正直的作家的独特见证，印证了眩惑的资本主义大厦充斥矛盾与斗争。其中的典范之作直抵本质，赤裸裸地暴露了大众与个体的灵魂，他们或强大、或微末，拥挤在城市和近郊。国家躯壳血脉中的点点滴滴，集体

---

1 西奥多·德莱塞（Theodore Dreiser，1871—1945），美国现代小说的先驱，代表作有《嘉莉妹妹》《美国的悲剧》。

和个体生活的方方面面，无不纤毫毕现。即便是侦探小说也有所揭露，其忠于现实的程度超乎一般想象。

就年近七十的我而言，十五岁时，我发现了沃尔特·惠特曼——我最重要的债权人。我携着这份了不起的恩惠来到诸位之间，惠特曼哺育了我的存在。

旧债重谈，意在表明我是惠特曼的卑微仆从。他缓缓阔步，丈量土地，四处驻足，热爱、省察、学习、教导与欣赏。这位抒情的道德家选择了一条艰难的道路：他是滔滔的歌者，亦是教化的歌者。这两种对立的特质，与其说存于诗人，更像执政官的品格。然而，沃尔特·惠特曼不避讲席高台，不避教导诲言，他就学于人生，用满腔的真诚和词采，担负起教化的责任。他无惧道德主义或非道德主义的藩篱，无意划分纯诗和非纯诗的领地。惠特曼是第一位总体性诗人，其追求不仅在吟诵，也在显示人类各民族之间的相处。在这个意义上，惠特曼高调的民族主义从属于一个普世的有机体，他也自认欠下喜悦和感伤、高雅文化和原始生命的群债。

伟大有多种形式。对我这样的西班牙语诗人而言，沃尔特·惠特曼的教导甚于塞万提斯：他的作品不辱无知、不贬人性。

我们仍然生活在惠特曼时代，见证新人、新社会在阵痛中诞生、兴起。惠特曼指陈彼时的文学受到欧洲的支配，实际上，正是他自己成为了真正本土的主角，破天荒地以美洲大陆之名屹立。遭受殖民的民族沉寂了几个世纪，殖民主义扼杀了创造力，西班牙统治美洲的三个世纪，真正可敬的作家寥寥无几。

美洲诸国的诞生不仅催生了新的旗帜和国籍、大学和军队，抑或感伤的爱情歌曲。书籍随之涌现，但往往是树丛茂密、鲜花簇簇，唯果实寥寥。好在时至今日，西班牙语已在美洲作家的笔下熠熠生辉。从格兰德河到巴塔哥尼亚[1]，他们用神奇的故事和温柔哀婉的诗，照亮了这片在风雨中寻求新的独立的荒昧大陆。

当今，又有新的国家、新的旗帜和新的文学在非洲和亚洲涌现，殖民主义有望彻底消亡。世界各地一夜之间换上了人民的新旗，陌生的民族发出咿呀的初声。非洲和美洲的黑人作家也开始向我们传达不幸种族长久以来的真实脉搏。政治斗争和诗歌密不可分。人类的解放离不开流血，更离不开歌声。在这满是牺牲与解放的大时代，人类的高歌愈发丰富。

至此，请诸位谅解，我又要重谈智利的忧虑。众

---

1 格兰德河是墨西哥和美国的界河，巴塔哥尼亚位于南美洲南端。

所周知，我们正以法律的庄严，实施革命性的变革。有许多人感觉受到了侵犯，但是他们为何不四处逮捕，不封禁报刊，不枪决异议者？

我们既然选择了自己的道路，便决心全力以赴。见不得光的破坏者千方百计扭曲我们的航向。新的战场上，枪炮似乎已经过时，他们又操持起古老的新武器：美元、箭矢、电信、电报，为了据守陈旧无理的特权，似乎可以无所不用其极。于是，在交涉外债的会议上，《古舟子咏》生动地浮现在我的脑海。

塞缪尔·泰勒·柯勒律治这首哀伤的长诗取材于谢尔沃克在智利南端的旅行回忆。

智利寒冷的海域拥有不同种类的信天翁：漂泊信天翁、巨型信天翁、乌信天翁。鸟类之中，属信天翁最善飞行。

也许正因如此，智利的版图状似一只展翅的大信天翁。

在那场难忘的会谈上，我们本意是公正处置外债，但有人咄咄逼人，似乎瞄准了智利，要让信天翁不再飞翔。

作为仅有一年驻外大使经历的诗人，我要说的话也许轻率，但我要告诉诸位：美国的财政代表在文书中备足了箭矢，瞄准了信天翁的心脏。可叹他的名字那样醇美，似宴席尾声的美酒：轩尼诗先生[1]。

轩尼诗先生若有兴致重读古诗，便会知道《古舟子咏》那位犯下罪孽的水手，注定永远垂挂信天翁的沉重尸体。

亲爱的朋友们：

我怀着浓厚的兴趣和激动的心情读完了美国笔会五十年的历史。这是理想高远、行动高尚的半个世纪，值得我们以沉思和喜悦相庆。对于作家而言，个体主义易，集体主义难，反叛的种子深藏在我们的表达和存在中。我们的叛逆常常表现为对自身的反抗，我们寻找最近处的敌人，却错误地找到与我们最相似的人。团结是伟大的使命，跨越政治、语言和种族的团结则是至高的功业。让我们向增进全世界作家团结的有识之士致敬，不必出于政治倾向或信仰党同伐异。

既然各位邀请了我，以及我的债务，我相信这不是一场锱铢必较的审判，而是一次坦荡友好的交流。我想说，我们应当承认从他者身上学到的东西，进而

1 财政代表姓轩尼诗（Hennessy），轩尼诗也是一个白兰地品牌。

确证我们的共识，明白我们是一个永无断绝、普世相系的思想共同体。

让我们抱着这样的信念回望过去，笃信它成熟的美丽；让我们抱着这样的信念沿着光荣的道路走下去，笃信后来者将为后来者写下更好的作品。

在美国笔会成立五十周年纪念会上的讲话

1972 年 4 月

抵达遗忘的角落
——在联合国教科文组织的演讲[1]

我们很多人乐于主持这场大会，这一荣耀最终归于尊敬的日本代表荻原彻先生。我在此，谨代表我个人和智利代表团，向荻原彻先生表示祝贺。智利与日本同为太平洋国家，我们赞赏日本繁荣悠久的文化。主席先生，鉴于贵国的和平意志与蓬勃的现代化发展，我们认为，在众多杰出人士和各国代表之中，由您担任大会主席是极为恰当的。同时，我也要向总干事马厄先生致意，感谢您忠实履行着我们眼中艰巨无比的使命，支撑着这座宏伟的殿堂。

柔性种族灭绝

有一天，我在智利北部观看群众游行，我惊讶地

---

1 1972 年 10 月 17 日至 11 月 21 日在巴黎举行的第十七届联合国教育、科学及文化组织大会。

发现，刚入伍的年轻人个个身材矮小，我记得从前的新兵更高一些。

“也许是我搞错了。”我向上校求证。

“您说的没错，”他回答，“个头越来越小，和三十年前比起来，掉了足足两寸。再这么下去，就成侏儒部队了。”

智利拥有优秀的连贯教育，是一个文明的国度，安德烈斯·贝略、欧斯托斯、萨米恩托、鲁文·达里奥、阿尔贝迪等等伟大的人文主义者在智利度过了生命中的重要时光，本国子民中亦不乏瓦伦丁·莱特列尔、加布里埃拉·米斯特拉尔等人物。智利称得上群星璀璨，然而群星背后，我们仍然遭受着奴役、租佃和营养不良之苦。孩子喝不上奶，工人农民只有节庆才能吃到蛋白质。这一切看似集体的自戕，但归根结底，是柔性的种族灭绝。它以可憎的缓慢，蚕食了民族的高度。

牛奶革命

出于这个原因，阿连德博士就任智利总统之前，便主张向每一个智利儿童无偿提供半升牛奶。为此，他遭受了寡头阶级的冷嘲热讽。如今，承诺兑现。智利的每个孩子，每一天都能从人民的政府免费领取半升牛奶。

同样是这个原因，我们不必惊讶，1965 年入读小学的儿童人数是 44.5 万，1969 年只剩 23.1 万，其余中途辍学。据统计，15 岁以上的智利人中，有 90 万人从未上过学，文盲率为 14%。人民阵线取得胜利时，基础教育覆盖 200 万名儿童，到 1972 年，这个数字已超过 350 万；中等人文教育覆盖 30 万青年，并以 13% 的速度不断增长；职业技术教育 1972 年增长 19%，大学入学人数增长超 30%。

我不喜欢念数字，但它们确实令我自豪。之所以不喜欢，是因为我不懂数字，真正打动我的，是每天的那一小壶牛奶。牛奶的革命、乳白色的营养终于来到校园和书本，强健了孩子的体质与智力。

根除殖民主义

是的，我深信，教育界的斗争与教科文组织既定目标的实现，离不开反对、根除世代相传的旧殖民主义与后起的新殖民主义。除了来自外部的殖民，还有主张世袭特权、压迫本国人民的内部殖民。

看到纳粹统治者奴役波兰的政策，我深有感触。

他们企图有计划地消灭波兰的全部知识分子，只留数千波兰人充当农奴。正是因为纳粹要把波兰变成农奴之国，教育事业成为了地下斗争的重要组成部分，攸关民族存续。同样的情况也发生在拉丁美洲的许多国家，地方豪绅只想留下佃户在田地和矿山劳作。所以，拉美的教育运动势必也是一场事关民族存亡的革命，势必要向摧残民族灵魂的旧敌人开战。

当无法无天的暴徒在世界的某个角落向手无寸铁的平民投下凝固汽油弹时，教科文组织最崇高的使命、最出色的成就和最重要的事业同样岌岌可危。

黄铜禁运

近日，一家铜业垄断企业在法国对智利黄铜实施了禁运。这一行为践踏了智利的主权。“这和教科文组织有什么关系？”有人会问。我说：“不仅有关，而且息息相关。倘若黑暗势力控制了智利铜业，智利儿童将失去面包、牛奶，失去课本，失去学校。这就是残酷的现实。”

我们谈论高尚理想的时候，饥饿、营养不良、冲突的幽灵如影随形。但是，尽管时代异常残酷动荡，我们仍然坚信教科文组织的崇高事业，历经波折生生

《西班牙在心中》（第二版，智利 1938 年）

不息。必须如此，这是生物的本能，为了让世界上最美好的东西得以延续。我绝不是个人主义者，我相信集体的人才是唯一自由的人。建立在国际智慧、共同使命、多边原则之上，历经建设与重建的教科文组织，或许有很多弱点，但是，她的成就，以及为了远大理想付出的努力，充分显示了地理和道义上的博大广远。

庶民的眼泪

各位代表，多年前，我受邀参加圣地亚哥一个工会的活动。我接受了邀请，却忘记了活动内容，甚至也忘记了邀请方是谁。我茫然地走进一处地下室，跨过剩菜和死鱼，许久才恍然大悟，原来是市场搬运工的工会。最让我诧异的是听众的朴实。他们不到四十人，个个赤脚，叉着强壮的胳膊，用麻袋充当外衣。他们等待着我的到来，我不由得惶恐。出门时，我随手拿了一本诗集。我唯一会做的，就是读诗，解释我想要表达的东西。那本书是《西班牙在心中》，一本艰深的诗集。

我手足无措，什么诗也想不起来，只有手头的这本书。我硬着头皮读起来。没有反应和掌声，我只能埋头读下去，努力触碰一个个似乎遥不可及的心灵。最后，诗读完了，我合上书，望着前方。岩石般的脸孔与粗布围裙沉默依然，一动不动。这时，房间后面有一个人站起来。“诗人朋友，”他说，“我想说，”他的声音颤抖着，“从来没有谁对我们说这些，我们不懂，不知道还有这样的感情。”他语带哽咽，最终淹没在长长的抽泣里。我看向众人，我那朴实无华的听众们仍旧坐着，每个人的脸上都挂着泪。

我们的决心、大会与教科文组织的愿景，必须抵达每一个遗忘的角落。词语必须跨越每一道黑暗的疆界。当世界各地的人民用泪水认可我们的使命，我们才算大功告成，才算真正践行了世界文化代表的共同使命。

在联合国教育、科学及
文化组织大会上的演讲，巴黎
《世纪报》，圣地亚哥，1972 年 12 月 22 日

“噢智利，狭长的花瓣……”

——《庆祝聂鲁达获诺贝尔文学奖

载誉归来群众大会上的演讲》，1972

血杯[1]

漫长的回乡路，火车奇异的流动好似先民打马而过。我睡得深沉，纠缠在自我的领域。我看见故土的情感像覆雪的爬山虎，贯穿黑色的岁月，一阵三色[2]的狂风拂过我的衣襟：我属于南方的贫瘠土地，阿劳卡尼亚的边陲；我的行迹来自最遥远的时钟，仿佛那多雨的丛林隐藏着我理应知晓的秘密。我追寻这秘密，茫然不知地寻觅，我遍察长河、植被、不可知的木材堆、南方的海，把自己浸入草木雨水，却未能触及倏忽而逝的浪花、特殊的土地、真正的沙乡。于是，当夜间火车犹如撞击夜色中的海礁，猛烈地驶过

---

1 我曾询问聂鲁达为什么没有把本文收录入集，他仅回答："太私人了。"所谓"太私人"，与聂鲁达和父亲之间悬而不决的矛盾有关。本文完成于 1938 年的初春，迟迟没有发表。多年以后，时间削减了聂鲁达的抗拒，他才同意将本文录入阿图罗·阿尔杜纳特·菲利普斯编选的文集。——原注。

2 智利国旗是红白蓝组成的三色旗。

木材和煤炭厂，我似乎变得幼小，成为一个学童、一个南方寒地的孩子，在镇子边缘求学。迎着我的心房，广阔湿润的丛林靠近。我走进庭院，一身黑衣，打着诗人的领带。叔伯聚在那里，个个高大。树下有吉他和刀，涩苦的酒很快打断了歌唱。他们割开颤抖羊羔的喉管，一杯炙热的血送到我的嘴边，枪声与歌声中，我与羊羔同样经历生命的终结，我也想成为半人马。苍白、迟疑，迷失在孤寂童年的我，举杯喝下了血。

不久以前，父亲去世，世俗的事件出现了宗教性的一幕。现在是时候说出来了。几周后，我的母亲[1]，用唬人的婉词来说，也谢世了。为把父母葬在一起，我们为父亲移灵。那天中午，我和兄长，以及父亲的几位铁道工友，开启水泥封浇的灵龛，取出瓮坛。瓮坛长满了菌斑，还有一束枯萎的棕榈花。潮气浸透了棺木，取下时，我实在不敢相信，大量的水淌出，似乎源源不断地从他的内里、他的本源流泻。

其中缘故可以解释：那悲惨的水是雨水，也许超不过一天、甚至南方冬日一小时的雨量。雨水浸透墓

---

1 聂鲁达出生不久后母亲离世，此处指继母，聂鲁达亲切地称她为“妈妈娘”（mamadre）。

顶、栏柱、砖石和其他死者，浸入老父的墓中。经此，那不可能、不可探、不可料之处流逝的可畏之水，向我显现了丰沛的秘密。原初而可畏的水，以神秘的流淌又一次警醒我，我与特定的生命、地域与死亡存有斩不断的联系。

特木科，1938 年 8 月初稿

《巴勃罗·聂鲁达选集》(*Pablo Neruda*，*Selección*)

阿尔杜纳特·菲利普斯(A. Aldunate Phillips)编

圣地亚哥，纳西门托出版社(Nascimento)，1943

致智利大学东校区学子

1923年的一天，时任共和国总统阿图罗·亚历山德里·帕尔马来到师范学院，成群的学生里，没有一个人向他恭恭敬敬地致意。我们好奇地看了一眼，没有说话，因为谁也不拿他当自己人。

塔拉帕卡老狮子晃动他代表性的鬃毛和手杖，斥责我们无礼、不敬。我们依然不做声，很快，他忿忿地拄着手杖离开了。

半个世纪过去了。如今，我们的总统同志要给你们上第一课，和老师同学交流知识、智慧和人生。

我们的国家、我们的大学生和我们的生活，已经改变。

尽管如此，我的回忆始终萦系着旧时候的校园。我在那里遇见了友情、爱情，找到了为人民而战斗的方向，亦即存在与生命的意义。

旧时频频变更的贫困生宿舍里，诞生了我最早的诗集：1923年的《晚霞》，明年迎来出版五十周年的

《二十首情诗和一支绝望的歌》。

诗，疯狂的好奇心，书本的发酵，发现同梦人的青春醉意，随处可见青年旅社的埃克伦大街、共和国大街和西班牙大道，斯人已逝、诗迹长存的西富恩特斯·塞普尔韦达、罗密欧·穆尔加、尤西比奥·伊巴尔和维克多·巴尔贝里斯，还有宁静的街道，黄昏时分乍起的狂风，忍冬、丁香的香气和炽烈易逝的爱情，这一切，塑造了我的生命。

我们用最郑重的步伐走向奥古斯丁大街的学联。几步之外，工联门口，常常有一个身穿马甲和衬衣的身影，他是本世纪最伟大的工人领袖：堂路易斯·埃米利奥·雷卡瓦伦[1]。

就让我把这几桩陈年往事当作 1973 学年开学典礼的贺词。

我并非无故怀旧。我们的国家焕然一新，阿连德总统领导着变革，人民和大学同样在行动，而我相信，过去铺就了今天和未来的基石。我们从中学会责任、奋斗和坚持，坚持我们的使命和我们最恢弘的愿景。

---

1 路易斯·埃米利奥·雷卡瓦伦（Luis Emilio Recabarren，1876—1924），智利工人运动先驱、马克思主义传播者，1912 年创建智利社会主义工党（Partido Obrero Socialista），1922 年改组成立智利共产党。

《二十首情诗和一支绝望的歌》

最后，我要向副校长鲁伊斯和授课人阿连德致以兄弟的问候，向各位新老师友致以问候。

1973 学年开学典礼上的讲话，黑岛

因聂鲁达患病

由马里奥·塞斯佩德斯教授代为宣读

《世纪报》，圣地亚哥，1973 年 4 月 26 日

庆祝聂鲁达获诺贝尔文学奖载誉归来群众大会上的讲话

亲爱的同胞们：

首先，请允许我谈一谈最近这一次旅行。

欧洲是一座充满矛盾的大厦，她的文化似乎不为时间和战争所败。法国用她永恒的理性与美迎接了我，瑞典年届九旬的英明君主向我颁发了金制奖章，我自然不免热泪盈眶。奖章属于你们，全体智利人民，正如我的诗属于祖国。

旅途漫长固然辛苦，但是来到你们之中，我要完成一次告解，讲述一个困惑。

我要在你们的帮助下解开这个困惑。你们专程前来迎接我、包容我，我深表感谢，道不尽的感谢。可是，我觉得自己从未离开过，从未远离这片土地；我经历的一切，无不发生在智利。我的喜怒哀乐来自智利，也留在智利。祖国的风、祖国的酒、祖国的奋斗和梦想，跟随我来到巴黎的办公地，把我日夜包围，比大教堂更美，比埃菲尔铁塔更高，比塞纳河更丰沛。总之，我回来了，却也不曾离开。

人间百态，有人留，有人走。有人出走为了远方的爱人，有人爱上异乡的街道、图书馆、实验室。我不以为不可。有人担心囊中财物，害怕银行账户不保，离乡远走。我不以为不可。我们不需要他们。

出于各种缘故，我成为一个彷徨的流浪者；通过不同的方式，我牵挂着故土，她狭长的身躯无论远近，伴我至今。

我出生在智利中部，成长于边境，在圣地亚哥步入青年。瓦尔帕莱索令我倾倒，草原与沙漠向我敞开怀抱，予我以灵魂亟需的氧气与广阔。我走遍中央山谷的葡萄园、伊基克的沙地、巴塔哥尼亚的草原、艾森孤独的荒岸；我熟识奇廉、瓦尔迪维亚、塔尔卡、奥索尔诺、伊基克和安托法加斯塔这些光辉的城市，也了解昌科、基特拉图、塔塔尔、比利亚里卡、隆基迈、埃尔基斯科等等沉吟的小镇。认识她、歌颂她、走遍她、为她战斗，我把自己分裂倍增，把诗篇献给祖国的全境；献给每一尺高程、每一座深井；献给过去，献给我们正在建设的将来。

离开智利两年，大大小小的事情传来。大事如外债，历任政府的债务犹如十字架沉重无比；也有我在

聂鲁达在诺贝尔文学奖颁奖典礼现场

巴黎大使馆指挥的铜业保卫战，我们不能让国际大盗继续掠夺智利的财富。

但是，打动游子之心的，不仅仅是重大的事件。成百上千的友人，认识的、不认识的，向我发来祝贺。电报电文堆积如山，至今未能一一回复。有一次，我收到一个智利寄来的包裹，寄信人是一位不相识的农村妇女。包裹里装着一包马黛茶、四个鳄梨和半打青椒。

两年来，智利的声望显著提升。我们成了一个“显眼”的国家，不再像从前那样，淹没在欠发达的阵列。智利有了自己的面孔，谁也不能轻视我们塑造民族命运的伟业。

智利发生的一切让法国乃至整个欧洲兴奋不已。群众集会、学生大会、每个星期层出不穷的各语种书籍，全部在研究智利、审视智利、摹画智利。我不得不招架那帮过于敬业的记者，遏止无穷的好奇。阿连德总统是世界性的人物，智利工人阶级的纪律与坚定广受赞誉。智利武装部队出色的责任感，令拉丁美洲的观察家刮目相看。

海外热烈的支援在铜矿国有化事件中沸腾。世人皆知，这是智利向着新的独立迈出的巨大一步。世人疑惑，一个主权国家怎么会把宝贵的自然资源拱手让人。而人民的政府义正词严，夺回了祖国的铜矿，守住了我们的主权。

美国公司对智利的铜实施禁运的时候，义愤席卷全欧。报刊、电视、广播报道声援，主流民意站在我们这边。

危急关头，对智利的支持源源不绝。我说三件事，它们生动地表明欧洲之心为谁而跳动。你们知道，法国和荷兰的码头工人拒绝卸载铜矿，以示抗议，掀起了浪潮。实际上，看一看老百姓的患难与共，就能学到大学课堂里学不到的当代史：这是人民相通、相知、相守望的时代。还有一个更加感人的事例：禁运令颁布次日，一位普通的法国妇女从积蓄中捐出一百法郎寄给我们，对智利铜业表示支持。我们收到一封法国小镇的来信，信上洋溢着最热切的支持，署名是全镇居民，从镇长到神父、全体工人，还有运动员和学生。

智利的光芒跟随着我，笼罩着我，环抱着我。人生路上，我从来不因个人的损益患得患失，若有得失计较，总是因为牵挂着祖国的形象。正因如此，我为智利赢得欧洲的瞩目感到无比自豪，也为内外的误解和威胁忧心忡忡。

我发现，有人想把智利拖入对立和内战。此时此刻，我不想多谈政治。但是，作为诗人、公民和爱国者，我有责任提醒智利人民警惕危险。不论作为作家还是公民，我始终以团结人民为己任。现在，我痛心地看到人民互相伤害。撕裂的是智利的肢体，失血的是我的诗。这绝不能发生。

我在报纸上读到，一位狂热鼓吹内战的政客大放厥词："哪怕从头重建，也再所不惜。"如此豪言，他显然计划洒遍所有智利人的血，除了他自己的；从头重建的是别人，不是他自己。内战是国难。我们必须千方百计，阻止煽动手足相残的言论蔓延。法治有时要求我们做出重大的牺牲，但这是历史的道路，亦是革命的道路。我们会坚持下去，为正义的斗争不必血染红旗。

我经历过一场内战。它的残酷痛苦，为我的生命和诗歌打上了永恒的烙印。一百多万人死亡！鲜血溅在墙壁上，楼房在我眼前坍塌，透过破碎窗户，我看见男女老少碎裂的残骸。他们是同胞兄弟，说着同一种语言，生长在同一片土地。我们的祖国不能重蹈覆辙。我吁请坚持理性和人道的人们团结起来，制止叫嚣的疯子和冷血的禽兽。你们都见识过，外国利益集团是如何阴谋施压，破坏人民阵线政府的成就。但我们应当明白，国际阴谋少不了内部勾结。光荣的战士施奈德将军[1]遇害，外国势力固然居心叵测，更可耻的是，持刀的是智利的手。

八十年前，宰制智利的欧洲巨头煽动内战，把议会和总统之间的分歧推向疯狂。那一场内战的殉难者中，有一位伟大而有远见的总统：何塞·曼努埃尔·巴尔马塞达[2]。巴尔马塞达受尽嘲笑、威逼、讥讽和侮辱，最终被迫自杀。虽然他的敌人书写了那段历史，但智利人民终究为巴尔马塞达洗刷了污蔑，为这位识微见远的爱国政治家正了名。

我认为现在这个阶段，与过去十分相似。“智利要过一阵苦日子”，这是阿连德总统说过的话。向全世界宣示我们的主权与原则，当然艰苦非常。

1810 年宣布独立以来，智利跨越了大大小小的坎坷，反击了殖民复辟的企图。共和国在奥希金斯、卡雷拉、曼努埃尔·罗德里格斯、弗莱雷、卡米洛·恩里克斯的手中不断壮大。衣衫褴褛、胼手胝足的爱国

---

1 指智利陆军总司令勒内·施奈德（René Schneider，1913—1970），1970 年总统大选前后支持宪法民主，反对军事政变，后遭右翼势力绑架，伤重牺牲。

2 何塞·曼努埃尔·巴尔马塞达（José Manuel Balmaceda，1840—1891），1886 年至 1891 年任智利总统，他推行进步改革，保护国内工业，引起外国势力不满，引发 1891 年内战，最终战败自杀。

者在兰卡瓜、在查卡布科、在迈波，在公路、在海上、在山脉战斗不息。

以史为鉴，尽管困难重重，我们仍在前进，人民的解放终将实现。

最后，我要感谢共和国副总统，普拉特将军亲自出席致辞，我深感荣幸。一名军人和一位诗人并肩主持集会，共同面向人民，对我而言是理所当然的。不论在国内还是在国外，我们的副总统是智利宪法和国家尊严的保证，但是您的坚定和高尚超越政治概念，您是我们热爱的智利武装部队的道义核心，代表了陆海空的卫士。他们以国旗的绚丽，默默延续着光荣的历史。

我曾歌颂英雄，他们用血染的枝条编织了祖国的摇篮。我歌颂他们的事迹、激情的存在，也歌颂他们直面悲痛的生命。我的诗行之间，对祖国的热爱和对奠基者的崇敬密不可分。是他们的勇气与牺牲，哺育了共和国的初生。在普拉特将军身上，在智利武装部队身上，我看到了历史的伟大，看到了捍卫主权和民主的无限忠贞。

我们的警察队伍也在现场。我们深知，你们扎根智利的版图，山区、公路、城市、边境、雨林、沙漠乃至戈壁，你们不避危险，全天候守护着百姓的工作与生息。

各地的群众代表，我向你们致意：麦哲伦的石油工人、圣地亚哥的建筑工人、塔拉帕卡的硝石工人、科金博的独立矿工、安托法加斯塔的铜矿工人、康塞普西翁的纺织工人、瓦尔帕莱索的商人、库里科的葡萄种植业者、利纳雷斯的制糖业者、奇洛埃的渔民、莫莱的船夫、奥索尔诺的乳业工人，还有智利水泥公司的同志们。

各位温柔慈爱的女性，请接受一位诗人的敬意，他的每一部作品都拜你们所赐。

带来色彩、活力与欢乐的青年朋友们，我歌颂了我们的祖国，现在轮到你们延续增进她的光荣，让她更加地公正、富强、美丽。

来到体育场的几百位小朋友们，我不能送给你们每人一颗星星，所以我向你们每人献上一个吻。

获得国家文学奖或诺贝尔奖的诗人不少，却没有多少人有幸戴上这一顶全国、全民族赐予的桂冠。今日大会，撼动了我灵魂的根基，向我表明，我的诗歌之路或许没有偏航。

多年前，我被迫流亡，远走他乡。我绝望于回归无期，写下了这样的诗句[1]：

---

1 原诗《何时智利》(*Cuándo de Chile*)，创作于20世纪五十年代初，聂鲁达受冈萨雷斯·魏地拉政府通缉，流亡海外时期。

噢智利，狭长的花瓣
属于大海，红酒，积雪，
何时
何时
何时，何时
何时
我才能与你重逢，
你才能将那黑与白的泡沫
环绕在我的腰际，
何时我才能让我的诗歌
临降于你的土地。

我的人民啊，确实在春天的时候
你的耳边响起我的名字
你会像认出一条
从你门前流过的河一般
认出我吗？

我即是一条河。如果你从容地
谛听安托法加斯塔的盐矿深处，
或是奥索尔诺以南，
向着山峦，在梅利皮亚，

或是特木科，入夜后

湿润的星辰，轰鸣的月桂，

你把耳朵伏在大地上，

就会听见我在流淌，

掩藏在地下，歌唱着。

十月，噢春天，

请把我还给我的人民！

看不见成千上万的男人，

成千上万的女孩子，

无法在我肩头担起

希望的一部分，我该怎么办？

我们的长久斗争中

那面手手相传的旗帜

来到我手上，

我却不能手握旗杆走在路上，

我该怎么办？

我的祖国，祖国，

祖国，何时，

何时，何时

何时

我才能与你重逢？

与你相隔遥远
我却继续感知到
你一半的土地和人民，
又一个春天过去了。
你和你的花朵却充盈着我，
我会带着你的胜利去往前线，
我的根依旧活在你体内。

何时
你大海的长袍发出的绿色雷鸣
才能将我从梦中唤醒。
何时，祖国，我才能在大选时
挨家挨户收集
那慑人的自由
让我在大街中央喊叫。
何时，祖国，
你才能与我成婚，
你海绿色的眼眸，白雪皑皑的裙装，
我们会有上百万个新生的孩子
将土地喂养给饥饿的人们。

不再破衣烂衫的祖国，

我的春天，
何时啊何时
我才能在你的臂弯中醒来
大海与露水浸透我。
等我靠近你的时候，
我会把你佩戴在腰间
没有人能触碰你，
我会用歌声
守护你，
当我
与你同行，当你
与我同行，何时
何时。

好了，同胞们、朋友们、同志们，一切都实现了，回归已经成真，“何时”就在今日。

三月大选，我会叩遍千家万户的门。

今天早上，黑岛的雷鸣把我从梦中唤醒。

土地已从饱食者喂向饥民。

置身典礼的哨音和鼓声，我仿佛再次和祖国结为夫妻。与任何利益无涉，只有爱情，毕生的爱情。

向你们敬礼，女士们、先生们、同志们、朋友们，感谢你们的友谊，感谢你们的深情，感谢你们的肯定。愿新一代的诗人同样得到你们的嘉许。

生命、奋斗，诗歌将会延续，而我只是智利光辉道路旁的一段小小回忆。

感谢你们，人民群众是大地的精粹，是世界之盐。

敬礼。

1972 年 11 月，智利国家体育场

获诺贝尔文学奖归国后在群众庆祝大会上的演讲

《为了诞生而诞生》

我家在岩石丛中

没有哪个词语比“钟”更响亮动听，一旦我们把它挂上海边的钟塔。傍晚，海浪浓重的气息升起，空中弥散着澳大利亚珊瑚礁氤氲而至的香气。我们坐下与钟声唱和，随着海浪张弛舒展。

到了南太平洋，千万要注意：陆地走到了尽头……再走几里，极地乍现，悬崖突起……快收好东西——海浪来了——把方舟装满爱情、轮子、救生的词语和东西，沿着洪堡洋流，或许，明日有人会把我们认出。

这是我的爱犬。说楚图[1]属于我实属勉强：他有狮子的庄严，独立不妥协。我请求他同我嬉戏，向它央告，但它一甩尾便将我抛却。他皱眉看我，显得我

1 聂鲁达爱狗，楚图是与诗人晚年做伴的一只松狮。聂鲁达在自传中说：“我想永远这样，在火炉前，在海边，置身在两只小狗当中，读着辛苦搜集来的书，抽着烟。”

卑微可鄙。小魔头，我迟早要让你臣服！

举目望去，多少海礁岸岩！浑圆似波浪、峭立似惊涛、澎湃似海底的火山，光滑如玛瑙，粗粝如赤铁，久经海盐侵蚀，见惯天崩地裂。

他们在找什么？水边有什么？他们在海滩找什么？

我在岩石之间安家，就是为了它出现在海滩的时候，我就在那里。出现什么？目前为止，只有碎片、荆棘、贝壳和宣传册。伟大之物还在海里。生活在海边的我们知道，睡亦等，醒亦等，愿它来时我们已告解，告解了我们对潮汐、盐分、盐潮涌动的希望。海神儿女，到岸边去！到海岸线上！去警戒，去嬉戏！备好箱桶！别在海洋的终极游戏面前露馅，暴露可笑、愚蠢、配不上的模样；莫让大海收回馈赠，把它带给彼岸头戴木槿花冠的幸运儿。

我的目光迷失在海滩。女人总是忙碌。玛蒂尔德有太阳的脸庞和玛瑙的眼睛。她在找什么？她在做什么？一刻不停，犹如潮水涌起、散去，夜晚才安息在梦的浪沫里。

船首似的脸庞、女神像一般的鼻梁、阳光梳理的秀发，原来这就是玛蒂尔德？像礁石斑驳的脸，锈迹

聂鲁达、玛蒂尔德与爱犬在一起

斑斑似月球崎岖的表面，皱眼睑、扫帚眉，原来这就是我？不受欢迎、拒人千里的大鼻子，原来这就是我？

旅行者，到石屋里来吧。在你在旗帜下，在你的家乡，也许天色已晚。这里时光早，炉火未燃。航船漂泊的身影失了方向，在此逗留，佯作牵绊。他们实则自由，海面平静，随时可以出发。留去随意，只要不改蔚蓝。

哦，船艏像，残破的美人、船的引路人、航线的主人！木质斑驳的海之女士，我爱你海水侵蚀的双手，爱你安然的额发。你凝望周圆的海面，极目处是大海的春天。你的国度止步于此，渺小的我，是你最后一只船舶。

海潮涌起、卷曲、展开，来来去去……我们赶到时，泡沫已所剩无几……岩礁——灰色花岗岩——戍卫不怠，自海洋之初，沉稳不移，风化不改忠实。守望大海的姿态各异，或近或远，严阵以待，不知期待抑或恐惧。

奥利维里奥·吉隆多和诺拉·兰奇夫妇送我一

个神奇的多层玻璃罐。那是在很久以前，我五十岁生日的时候。后来，奥利维里奥离开了人世，罐子底部也已破碎。为了修复这件晶莹的礼物，我费了很大工夫。我找到那位心灵手巧的玻璃匠，把罐子重新吹制。只是蓄着浓须的伟大的奥利维里奥，一去不返。

有时，我似乎在浑圆的瓶罐中见到他。玻璃罐底盛着远赴深海的故人的目光。

互相不对付的物件，不要摆在一起。它们仿佛打着敌对的旗，趁你不注意，子弹纷飞、动乱迭起，一消失就是几年几个月。想要让无生命的家伙真心相伴，须施展魔力。无知无觉者如罐子、钟表、雕像、扫帚，足以变得危险有害：它们会传染冷漠，囚禁我们，关上与此岸沟通的秘门。

“面包”听着囫囵，“酒杯”听着丰满，“船只”听着就像远航……“酒瓶”一出口，摔落在地，碎成七个音节。我在世上把它们寻获、纠缠、留存……一路收集拼装。我的家处处是语词。

终于有一天不用思考，就这样空荡荡地度过。极好，日子本该这样：无人干扰、质地纯粹，如白昼般明亮，散发阴凉、天空和纬度的气息。我收集这些蓝色翅膀的日子，小心保存、分类（夏天的、幽暗的、赤金的），但它们飞出盒子：它们执着地拥有自己的生命。不碰笔墨、不去苦思，不用阿斯匹林的日子纯净通透，如珍贵的矿石。

灯下，大洋洲的面具在夜游。有的从非洲来，象征惩戒的威仪，凶狠不可接近；有的从智利的复活节岛和拉帕努伊岛来，那是大洋的肚脐。一个个缄默的见证，仿佛生出沃尔特·惠特曼的浓须。浓密的胡子为我扫荡每一夜的晦暗，游吟的友人伴我迎接每一日的降临。

少了游戏的态度，我们何去何从？少了空中闪耀的、好似白鱼的笑容，日子该多么无奈贫瘠！肃然的世界，掘出你自己，让我们去看赤裸女郎的马戏，去寻快乐的无理性！

听着，我要动笔了！快进来，请闯入，解救我于书案。来呀，尽管畅游我的家，只有这样，我才能写下去，自在地写下去！爱情、烟雾和脚步声的突入有助诗兴。让沉默爆炸，让书页服从生命！

海的羽翼、天空的伴侣、碎裂的浪花，谢谢你们！

为了了解、诉说……我们彼此倾听，彼此注视，混杂在彼此相似的人群，温柔与希望使我们平等化一。

小心：我的家就要倾泻委地，就要流淌火焰的色彩和马儿的笑容，就要倒出大海日日献来的螺贝，敞露我那藏身地，我在挖一口井，通向地球另一端的深井。

我的朋友、我的人民、我的弱点、我的力量、我的要素、我的山脉、我的聚集、我的延伸、我的欢乐、我的同伴、我的同志、我的确信、我的希望。

去瓦尔帕莱索吧，去那无门无户的离奇海港，去那通往大洋的门户！瓦尔帕莱索狭窄而广博，猥琐而光明：昏暗的瓦尔帕莱索燃烧在太平洋海岸，像冷炭，像千芒星。瓦尔帕莱索把我臣服，教我听任她的野蛮无理——她是一团乱，是胡闹的房舍，是落在头顶的鸟儿，是乱穿马路的穷娃娃。她是疲惫的女人，是一段距离、一对伴侣、一张床。瓦尔帕莱索是一道阶梯和三头洋葱。一道阶梯接着一道，通向云霄，通向他者的生活，通向倏忽而逝的亲密。这种亲密，只为无数脚步踏过的石阶所熟悉，每个主日来临，那无数脚步奔向山顶，奔向人口众多的大家庭，奔向高处的贫穷。骄傲如铁的贫穷，淬炼于每一场大地对海洋的战役。

智利的海，汹涌的海，驳船静候，黑白的海浪仿佛高塔，沿海的渔民极富耐心。自然、澎湃、无垠的海。

鱼群从寒地来，摇摆寒冷的铂金鱼尾，集聚在塔尔卡瓦诺、托科皮亚、梅希约内斯、圣安东尼奥、普拉亚安查、阿劳科、科罗内尔，沿着智利海岸，直到麦哲伦海峡，直到行星的尽头。鳗鱼、鲻鱼、石首鱼、鳕鱼、鲨鱼、牙汉鱼、马鲛鱼，巨大的长鳍鲔，小巧的鳗鲡，海胆、牡蛎、贻贝、海藻、丛梗藻、蛇形藻、银藻、刺藻、黏藻、贪吃藻，智利把硕大的胃口向海洋敞开，迎候无与伦比的海味。

请注意！睁大眼睛！朋友们来了。家里处处是喧哗、流动、香烟、黎明、美酒，处处是昨日与明日，长着眼睛的天空、柠檬。看，伟大的科塔波斯，神奇的寓言家阿卡里奥・科塔波斯；看，老爷车之王苏莱曼大帝；看，石刻家玛利亚・玛特内尔[1]，

1 玛利亚・玛特内尔（María Martner，1921—2010）是智利艺术家，擅长石艺壁画。

卵石和海岩的巧匠；看，一个怀抱吉他的男人多么自在。胡安·鲁尔福[1]的双肩令我的手增光，马里奥·巴尔加斯·略萨[2]是多么正直且笑意盈盈，还有斯卡尔梅达[3]、埃尔曼[4]、伦敦的科克伦[5]、芭芭拉和塞尔吉奥·因松萨[6]、了不起的爱德华兹[7]、无敌的奥梅罗·阿尔塞[8]，一肚子十四行诗，犹如蜂窝挤满蜂

1 胡安·鲁尔福（Juan Rulfo，1917—1986）是墨西哥作家，《佩德罗·巴拉莫》的作者。

2 马里奥·巴尔加斯·略萨（Mario Vargas Llosa，1936—）是秘鲁作家，2010 年诺贝尔文学奖得主。

3 安东尼奥·斯卡尔梅达（Antonio Skármeta，1940—）是智利作家，他的小说《聂鲁达的邮差》以聂鲁达流亡期间暂居意大利的生活为灵感，后被改编为电影，风靡一时。

4 汉斯·埃尔曼（Hans Ehrmann，1924—1999）是智利文艺批评家、报人。

5 伦敦的科克伦应指道格拉斯·科克伦（Douglas Cochrane），英国外交官，聂鲁达友人。

6 塞尔吉奥·因松萨（Sergio Insunza，1919—2014）是智利政治家，智共党员，曾任阿连德政府司法部长，皮诺切特政变上台后，因松萨流亡海外，组织民主运动，声讨皮诺切特政府的反人权行径。

7 爱德华兹指的是豪尔赫·爱德华兹（Jorge Edwards，1931—2023），智利外交家、作家，塞万提斯文学奖得主，著有关于聂鲁达的回忆录《再见，诗人》，亦是本书选本之一《看不见的河流》的编者。

8 奥梅罗·阿尔塞（Homero Arce）是智利诗人，聂鲁达“波西米亚诗人”式的学生时代的友人。

群。至于我，来来去去，我是穿梭于楼层与谈天的无事忙。我拥护活跃的闲暇、养神的午憩，拥护你们每一位。

我走了。我告别书，告别书堆，一本又一本。要赶紧，隆加维、劳塔罗、帕拉尔有人等我，他们在湖畔、在乡村、在电影院，在比橙子大不了多少的小小学校。别着急，我终会一一抵达。我吹着口哨，如春日，如夜影，把雨和歌一路播撒开去。

也就是说，我不会离开。

我永远不会离开，稍后再见而已！我留下了，和你在一起，就在这扇门这张椅，在这火车呼啸的车站，在这冬日长居的停机库里。

我有一口钟、一团火、一块琥珀色的木头要送给你，送给我们，送给所有人。愿你看见、听见、触摸我的薄礼，我的歌。

再见了，亲爱的朋友，我该怎么称呼你？

聂鲁达手迹

见《巴勃罗·聂鲁达的地理》

（*Geografía de Pablo Neruda*）

巴塞罗那，艾伊马出版社（Editora Aymá），1973

附录

聂鲁达和他的时代

1904 七月十二日出生于帕拉尔。九月，母亲去世。

1906 随铁道工父亲到特木科生活。

1912 智利工运领袖雷卡瓦伦创建社会主义工人党，即智利共产党的前身。

1917 在特木科《晨报》发表处女作《热忱与恒心》。

1920 首次署笔名“巴勃罗·聂鲁达”。

1921 三月，移居圣地亚哥，在智利大学师范学院学习师范法语专业。

1922 智利社会主义工人党改组成立智利共产党，加入共产国际。

开始为智利学联机关刊物《光明》撰稿。

1923 以俄国作家安德烈耶夫笔下的革命者“萨什卡”为笔名，在《光明》发表诗歌和杂文。

1924 《二十首情诗和一支绝望的歌》出版。

1927 因经济原因申请外交职务，任领事，驻缅甸仰光。

1928 旅行至西贡、曼谷、马德望、香港、上海、横滨等地。此行是聂鲁达第一次踏上中国的土地。

1930 任驻新加坡、巴达维亚（今雅加达）、爪哇领事。

创作《大地上的居所》。

1933 任驻布宜诺斯艾利斯领事，与前来阿根廷演出的加西亚·洛尔卡初识。

1934 任驻巴塞罗那领事，与西班牙诗人拉斐尔·阿尔贝蒂、米格尔·埃尔南德斯等结下友谊。

1935 任驻马德里领事。

主编《绿马诗刊》，至次年一月共发行四期。

1936 七月，西班牙内战爆发。

八月十六日，加西亚·洛尔卡遇害。

聂鲁达发表《献给阵亡民兵母亲的歌》（*Canto a las madres de los molicianos muertos*），不顾外交身份，声援左翼的共和国政府。

智利驻马德里大使馆闭馆。聂鲁达对共和国政府的支持遭到批评。

1937 在巴黎与巴列霍等人声援西班牙共和国政府，反对法西斯主义。

七月，第二届国际作家保卫文化大会在瓦伦西亚、马德里、巴塞罗那、巴黎等地辗转举行，来自 38 个国家的 200 余名代表参加。

十二月，返回智利，成立智利知识分子保卫文化联盟。

1938 五月，父亲在特木科去世。

八月，继母在特木科去世。

十月，“人民阵线”候选人佩德罗·阿吉雷当选总统，成为智利历史上第一位左翼民选总统。

智利知识分子联盟出版反法西斯刊物《智利的曙光》。

诗集《西班牙在心中》在战火中的巴塞罗那刊行。

1939 赴布宜诺斯艾利斯和蒙得维的亚，为西班牙内战难民募款。

四月中旬赴欧，受任西班牙移民事务特任领事。克服政治和经济困难，在巴黎接收西班牙难民 2 000 余名。

九月，德国入侵波兰，第二次世界大战爆发。同月，运送难民的“温尼伯”号抵达智利瓦尔帕莱索。

1940 八月赴墨西哥，任总领事。

1941 为刺杀托洛茨基未遂的墨西哥画家西格罗斯颁

发签证，被智利外交部停职。

1942 斯大林格勒战役爆发。公开朗诵《献给斯大林格勒的情歌》(*Canto de amor a Stalingrado*)。这首诗后来以海报形式，张贴在墨西哥城街头。此举招致批评后，写下《献给斯大林格勒的新情歌》(*Nuevo canto de amor a Stalingrado*)。

1943 流亡墨西哥的巴西共产党领导人普列斯特斯的母亲去世，聂鲁达在葬礼上朗诵《沉痛的挽歌》(*Dura elegía*)，抨击迫害共产党人的巴西独裁者热图利奥·瓦加斯，再次因违反外交中立受到批评。

八月，受到巴西方面和智利国内的压力，离职回国。墨西哥知识界组织盛大的欢送仪式。

十月，经秘鲁回国途中，登马丘比丘。

1944 参加智利共产党活动，竞选参议员。

1945 三月，当选参议员。

五月，获国家文学奖。

七月，加入智利共产党。

1946 投身总统候选人冈萨雷斯·魏地拉竞选工作。

1947 东西方对抗加剧，“杜鲁门主义”抛出，冷战格局形成。冈萨雷斯·魏地拉当选总统后倒向美国，迫害共产党人。

聂鲁达发表《致千千万万人的谈心信》(*Carta íntima para millones de hombres*), 痛斥当局，招致迫害。

1948 一月，以法国作家左拉在德雷福斯事件中的雄文《我控诉》为题，在参议院发表演说。被最高法院剥夺参议员豁免权，遭通缉。转入地下，足不出户，专心从事《漫歌》的创作。

1949 二月，从智利南部安第斯山区辗转流亡阿根廷。

四月，赴法国，在第一届世界保卫和平大会闭幕式上现身，当选世界和平理事会委员。

六月，初访苏联，后访波兰、匈牙利。有论者指出："与社会主义世界的第一次接触诞育了《葡萄和风》。"

1950 《漫歌》在墨西哥出版，画家西格罗斯和里维拉为其创作插图。智利国内出版地下版本，版画家何塞·万徒勒里(José Venturelli)创作配图。

1951 担任斯大林和平奖评委。

第二次踏上中国的土地。经西伯利亚铁路来华，为宋庆龄颁发斯大林和平奖，受到朱德、周恩来等接见。

1952 智利国内形势变化，逮捕令撤销。萨尔瓦多·阿连德第一次竞选总统，聂鲁达参与选举宣传工作。

1953 三月，斯大林去世，参加哀悼活动。

1954 五十岁寿辰，邀请国际友人举办文化活动。中国方面，作家萧三、诗人艾青远赴智利，以此为契机增进中拉交流。艾青此行写下长诗《在智利的海岬上》。

1957 赴锡兰（今斯里兰卡）参加保卫世界和平大会。转往缅甸，重访阔别三十年的仰光。从缅甸进入中国云南，游滇池、石林，后沿长江游重庆、三峡、汉口。这是聂鲁达最后一次到访中国。

1958 阿连德第二次竞选总统。智共恢复合法地位，聂鲁达当选中央委员。

《狂歌集》出版。

1959 古巴革命胜利。与菲德尔·卡斯特罗在古巴驻委内瑞拉大使馆见面。

1960 创作歌颂古巴革命的《伟业之歌》（*Canción de la gesta*）。

1966 部分古巴知识分子和作家向聂鲁达致公开信，批评聂参加美国笔会活动，接受秘鲁右翼政府颁发的太阳勋章。聂鲁达回应："不论在美国或是其他地方，人们听到的、看重的，都是同样的一个我，一个永不动摇的我，一个不掩饰思想的诗人，一个将生命和创作献给人民之解放的诗人。”

1969 智利共产党提名聂鲁达为总统候选人。

1970 退出总统选举，支持阿连德作为左翼唯一候选人。九月，阿连德当选总统，着手实行包括土地改革、重要行业领域国有化和铜矿民族化在内的“智利式社会主义”改革。

1971 任驻法国大使。接受前列腺癌手术。十月，获诺贝尔文学奖。

1972 四月，赴莫斯科就医。

十一月回到智利，受到热烈欢迎，在国家体育场发表演讲。这是聂鲁达最后一次参加公开活动。

1973 智利经济危机加剧，发生恶性通货膨胀和商品短缺，社会剧烈动荡。

三月，议会选举呈现僵局，政治协商失败。右翼军人酝酿政变。

九月十一日，军事政变爆发，阿连德总统殉国。

九月十九日，聂鲁达病情恶化入院。

九月二十三日，聂鲁达在圣地亚哥圣玛利亚医院逝世，享年六十九岁。